ルウナ
ゼルートの仲間。
元狼《ろう》人《じん》族《ぞく》の第三王女。
ゼルート
本編の主人公。
転生して貴族の息子に
生まれるが、
将来は冒険者を
目指している。
ゲイル
ゼルートの従魔。
武人のような性格の
リザードマン。

主な登場人物
Main Character

目次

第一章　Dランク昇格試験　7

第二章　ゴブリン・オーク討伐依頼　103

第一章　Dランク昇格試験

日本人の少年は命を落とし、異世界で貴族の次男ゼルート・ゲインルートとして転生する。前世の記憶を保持する彼は、将来は家を出て、気ままな冒険者になろうと考えていた。

ただ、冒険者になれるのは十二歳から。そこでゼルートは、それまでの間に可能な限りレベルとスキルを上げることを決意する。

ちなみに、その助けになるかのように、彼は転生の際に、神様から様々なチートスキルを貰《もら》っており、中でも強力なのが、創造スキルだった。これは、頭の中で思い描けるものは何でも――物質は言うに及ばず、スキルや魔法まで――作れてしまうという、超便利スキルだ。

おかげで、本人もびっくりするぐらい強くなり、やがて十二歳、旅立ちの時を迎える――

ドーウルスの街に着いたゼルートは、ベテラン冒険者ドウガンに絡まれるも、あっさり撃退する。しかし、今度はドウガンを慕《した》う若い冒険者セイルに目の敵《かたき》にされ、決闘を申し込まれてしまう。直接戦っても負けるわけがないのだが、どうやっても遺恨《いこん》が残りそうだった。そこで、妙に馴れ馴れしくも親切な冒険者ガンツの計らいで、彼が試験官を務め、二人が参加するDランク昇格試験の場で決着をつけることとなった。

Dランクの昇格試験当日——

朝の七時、ゼルートと仲間二人は現在集合場所である街の外れにいた。ガンツも、セイルたちのパーティーもまだ来ていない。

試験内容は、まだ知らされていなかった。

そんな状態ではろくに準備もできないのだが、通例最低限の荷物を持ってきていれば問題ないという。

「そういえば、アレナのときはどんな試験内容だったんだ？」

ゼルートが、元Aランク冒険者だった仲間のアレナに尋《たず》ねる。

「私のときは……というより、Dランクの昇格試験はほぼ盗賊の討伐と決まっているはずよ。Dランク以上になると対人戦の機会も多くなるし、そういった依頼を受けることもできる。だから昇格試験で人を殺す経験を積んでおかせるのよ」

「なるほどね、確かに重要な体験だ」

冒険者や騎士といった戦闘職に就《つ》く者は、いずれ人間と殺し合いをすることになる。

そのときになって初めて死体を見て震えたり吐《は》いたりしているときに殺される——なんて事態が起こらないとは言えない。

それに、人を殺したときの嫌な手応《てごた》えも、最初のうちは体から離れないものだ。

ゼルートは既に盗賊を殺したことがあるので、耐性はついている。

ただ、最初はやはり気分が悪かった。

前世でグロい系の画像や動画を見たことがあるとはいえ、実物を生で見たことはない。もちろん人を殺したこともないので、盗賊を殺さなければ犠牲者が増えるとわかっていても、抵抗感が残っていた。

（まっ、あの感覚を好むやつはそんなにいないだろ。シリアルキラー以外はな）

ゼルートは次に、アレナと同じく最近仲間になった元狼人族《ろうじんぞく》の王女ルウナに水を向ける。

「ルウナはそこら辺大丈夫か？」

「ああ、まだ子供の頃……父親に戦場に連れていかれたからな。そこではお互いが悪だと認識して戦っていた。少し複雑な気分だったが、今回戦うのは正真正銘の悪だ。殺しても得しかないだろう」

「なるほど、ルウナらしい考えだな」

ただ、ゼルートも同じようなことを考えていた。

人を殺し、害をなそうとする相手に遠慮する必要はないと。

「おう、来るのが早いな、ゼルートにルウナちゃんとアレナちゃん」

ガンツが笑顔でやってきた。

「ガンツは少し来るのが遅いんじゃないか？　試験監督ならもう少し早く来るべきだろ」

「ハッハッハ!!　悪いな、昨日ついつい酒を飲みすぎちまってな。すまんすまん」

言い訳のひどさに、ゼルートは呆《あき》れた。

（おいおいおい、試験監督がピクニック気分でいいのかよ。しっかりしてくれよ）

それはさておき、とりあえずゼルートはガンツに知りたいことを訊《き》いておく。

「なあ、ガンツ。正直言って、セイルたちは大丈夫なのか？　なんか……ザ・ルーキーって感じだったけどよ」

「……その様子なら、試験内容を知っているみたいだな。ちょうどギルドに討伐依頼が出たのがあるから、それを頼む」

ゼルートの質問とその表情から、ガンツは察した。

「一応聞いておくが、お前は盗賊を殺したことがあるのか？」

「ああ、前にな」

「なるほど。ったく、若いくせに色々と経験済みだな、お前は。それで、セイルたちの実力については……決して悪くはないぞ。むしろルーキーの中では、個々の実力もパーティーの評価も高いだろう。セイルに関しては、ドウガンの火炎大切断を自分なりにアレンジして、火の斬撃を飛ばす技を身につけているとも聞いた」

この情報を聞けば、セイルたちがかなり優秀な方だとわかる。

特に前衛に関しては、大した問題は見つからない。

「ただ、精神面に関してはよくわからん。もしかしたら鋼《はがね》の精神かもしれないし、プルプルのスライムメンタルかもしれん……俺としては後者な気がしなくもないがな」

その点は、ゼルートもなんとなく想像していた。

（やっぱりその可能性はあり得そうか……まあ、戦闘面に関しては俺がカバーすればいいか）

そこへ、当のセイルたち四人も到着した。セイルはゼルートを見つけるなり、睨《にら》みつけた。

なにはともあれ、今回の受験者が全員揃ったので、ガンツから試験内容が説明される。

既にセイルたちも先輩冒険者からその内容を聞いていたようだが、改めて内容を聞かされたことで表情に緊張が生まれる。

「それじゃ、のんびり行くぞ。あっ、先に言っておくが……俺は基本的に魔物との戦闘には手を出さないから、そこら辺は覚えておけよ」

これは昇格試験の決まりである。今回はゼルートたちがいるため、ガンツは特に心配していない。

だがこの一言は、セイルたちにはさらに緊張感を与えることとなった。

「よし、今日はここで野宿だ！」

出発してから何度か休憩《きゅうけい》を挟み、七時間ほどが経っていた。

周囲は暗くなりはじめ、野営の準備を始めるにはちょうどいい時間だった。

野営の準備は、通常の試験では協力して行うものだが、今回は特別ルールとして、二つのパーティーはここでも手際で競うことになっている。

ゆえに、各パーティーはそれぞれの準備だけを進めていく。

ガンツも、自分の野営の準備を進めながらも、試験官としてゼルートたちの様子をしっかり観察している。

そして次に夕食の準備に移るのだが……ここでゼルートのパーティー以外が驚愕《きょうがく》する事件が起こった。

「おいゼルート、なんで料理をしてないのに、でき立てのオークの煮込みスープやクラッチバードの串焼きを持ってるんだよ!?」

羨《うらや》ましそうな表情で声を上げるガンツ。

(もう日が暮れてるんだから大きな声を出すなよ。魔物が襲ってくるかもしれないだろ)

魔物相手に後れを取るつもりはないが、それでも休憩《きゅうけい》するときはなるべく休みたい。

一方のセイルたちは、ゼルート側の夕食があまりにも美味《うま》そうに見え、涎《よだれ》を垂らしかけていた。

ちなみに、セイルたちの夕食は干し肉と黒パンに野菜スープである。

野営時の夕食としては、このようなメニューが妥当《だとう》だ。だが、過去にそれらを食べたことがあるゼルートは、その不味《まず》さゆえに食べたいとは全く思わなかった。

「ああ～～～～……まっ、色々とあってな。手に入れたんだよ」

「色々あってって、お前ぇ……いや、もうこれ以上は詮索《せんさく》しない。ただ……非常に羨《うらや》ましいけどな」

ガンツは、ゼルートの料理がアイテムバッグから出されていることに気づいていた。そしてそのアイテムバッグの価値にも。

アイテムバッグは、ガンツほどの実力者ならば、普通一つは持っているものだ。

しかし、ゼルートが持つ、中の時間が止まっているものとなると、世界に数える程度しか存在していない。詮索《せんさく》しないのは、『入手法』である。

「ガンツなら、そこまで容量は大きくなくても、アイテムバッグ自体は持ってるだろ」

「いや～～～、確かにそこそこ金は稼げてるんだが、戦闘のときは武器に魔力を纏《まと》わせて、力いっぱいぶっ叩《たた》くせいか、あんまり武器が長持ちしなくてな。武器の買い替えの出費が多いんだよ。だから、アイテムバッグまでは手が回らなくてな」

ガンツが使用する武器は、長さ一メートルほどのアックスハンマーだった。

戦闘は力でのゴリ押しが多いので、丁寧に手入れをしていても壊れてしまうことが多い。

「……それなら、なるべく攻撃時にだけ魔力を纏《まと》うようにしたらいいんじゃないか？　それか、自動修復の効果が付与されたアックスハンマーを買うとか」

「ありだな。ただ、自動修復の効果が付与された武器は、基本的に高いからな～……攻撃や防御のときだけ瞬時に魔力を纏《まと》えるように訓練するしかないか」

「慣れれば楽だから、さっさと覚えてしまった方がいいぞ。魔力の節約になるしな」

武器が魔力を纏《まと》うことで威力や切れ味が強化され、強度も増す。

しかし、魔力を放出し続けることになるので、魔力の総量がそこまで多くないガンツとしては、ゼルートの言うやり方はぜひとも覚えておきたい技能だ。

「それはそうと、ガンツも一緒に食うか？　前に奢《おご》ってやるって言っただろ。こんな形でよかったらだけどな」

「いいのか⁉　ありがたくご馳《ち》走《そう》になるぜ！！！」

後ろではセイルたちがガンツに非難の目を向けているが、当の本人はそんなこと知ったことかという表情で、ゼルートから渡された飯を食べはじめる。

そんな様子をルウナは気にしていないが、元Aランク冒険者であるアレナは、試験監督がそのような態度でいいのかと思った。

（でも、野営時にこれだけいい食事が食べられるのなら、食いついてしまうわよね）

夕食は十分ほどで終わったが、アレナたちにとってはとても楽しく思える時間だった。

一方セイルたちは、量が少なくお腹の音が鳴ってしまったこともあり、楽しい夕食の時間とはならなかった。

彼らのお腹の音を聞いたゼルートは、四人にご飯を分けてあげようかと思った。だが、今回は野営でも競い合っていること、そしてどう考えてもセイルは自分の施しを受けないだろうと考え、結局は渡さなかった。

（というか、せめてこのあたりで食べられる木の実ぐらいは調べておけばよかったのに。弱い蛇やイノシシ系の魔物なら、簡単に処理も済ませられると思うんだが）

そんなことを考えながら、ゼルートはアイテムバッグから一つの瓶を取り出した。

「ガンツ、ワインもあるが……飲むか？」

実は実家で作っていた自家製である。ちなみに、現在はドラゴンのラガールがゼルートから引き継いでワイン作りを頑張《がんば》っている。

「ん～～できれば飲みたい。飲みたいんだが、さすがに酔っぱらってしまうのはまずいからな」

試験官としてそれはよろしくないと、ガンツもわかっている。

ただ、やはり飲みたいという気持ちはある。

「安心しろよ。そんなに度数は高くないって言ってたぞ。それに酔いが心配なら、俺が後で酔いを抜いてやるよ」

「そんなことができるのか？　まあ、それなら……ちょっとだけ貰《もら》おう」

結局酒の魔力には敵《かな》わず、ガンツはゼルートから借りたグラスにワインを注ぎ、楽しい大人の時間を過ごした。

そして就寝時間となり、ゼルートたちは魔物の皮などを使用して作った特製のテントに入った。

野営時は、魔物や盗賊から身を守るために交代して見張りを行うものだが、ゼルートは簡易のゴーレムを生み出して見張りをさせた。

「ガンツ、俺たちの見張りはこれでいいよな？」

「……はーーーー、オーケーオーケー。大丈夫だ。まったく……お前は何でもアリだな」

冒険者を目指すのが誰よりも圧倒的に早く、得たギフトのおかげで生産に長《た》けていたため、ゼルートは既に冒険者に必要な多くのスキルを得ていた。

こうしてゼルートたちは、良質な睡眠《すいみん》を取ることができた。


翌日、ゼルートは朝一番に起き、日課の鍛錬《たんれん》を始めた。

「さて、やるか」

まずは前世でもやっていた準備運動から始まり、剣術と体術の動きを確認。

そして魔力操作、武器や素手を使ったシャドーを行う。

格闘技の技は、創造スキルで専門書を作り、それを読んだ上で、実際に何度も体を動かしてこの身に叩《たた》き込んだ。

体術に関しては、ボクシングやキックボクシング、ムエタイが基礎になっている。

ただ、乱戦時や心が熱くなると基礎が崩れ、我流の動きになってしまう。これは剣術も同じだが。

「なるほどねえ～～、こりゃＤランクやＣランクの冒険者が遊ばれるわけだ。いつからこの特訓、つーか修行を始めたんだ？」

ゼルートは記憶を遡《さかのぼ》って、ガンツの質問に答える。

「いつから……前に話したかもしれないけど、父親と母親が冒険者だったから、俺が冒険者になりたいって言った次の日には色々教えてくれたよ。訓練自体はマジで幼い頃からやっていて……今みたいな訓練は、十歳からじゃないかな」

その頃には、ゼルートの戦闘スタイルは定まっていた。

圧倒的な手札の数でどんな攻撃にも対応して敵を葬《ほうむ》る、無敵の戦闘スタイルと言えるだろう。

「は、ははは……なかなかのスパルタだな。幼い頃からってことは……三歳か四歳くらいからか？今みたいな訓練じゃなくても、俺だったら絶対に投げ出してる自信があるな」

ゼルート自身も、早い時期から訓練を始めたなと思っている。

確かに、彼のように自発的に始める者は珍しいが、それなりの名家であれば、三～四歳で訓練を始めるのも珍しくない。

その後、ルウナたちが起きるまで延々とお互いに質問し続けた。

もちろん両者とも答えられないものがあるので、そのときは誤魔化《ごまか》す。

そんなやり取りでも十分に楽しく、ゼルートにはルウナたちが起きるまでの時間があっという間に感じられた。

やがて全員が起き、朝食の準備へと入るのだが……ガンツは当然のように、ゼルートたちと一緒に朝食を食べていた。

「ふッ！」

盗賊のアジトへと進む道中、グレーウルフの群れがゼルートたちに襲いかかった。

当然、セイルたちも迎撃しようと構える。

しかし、準備運動代わりといった様子で、アレナが全て片づけてしまった。

解体しやすいように首を一刀両断したため、あたりにグレーウルフの頭部がいくつも転がっている。

「ふーーーー、やっぱりグレーウルフ程度じゃ呆気《あっけ》なさすぎるわね」

「このあたりに現れる魔物のランクはせいぜいFかEらしい。それを考えると、相手にならないのは当然だろう。それより、次は私が戦ってもいいんだよな、ゼルート？」

「ああ、もちろんだ、ルウナ。だけど、その次は俺の番だからな」

ゼルートたちの会話を聞いていたガンツは、やっぱりな、という顔をする。

（わかってはいたことだが……ゼルートたちレベルの実力者になると、ここら辺の魔物が群れで襲いかかってきても意味がないな）

アレナのあまりの強さと、自分たちにはついていけないレベルの会話に、セイルたちは口をポカーンと開けている。

一方、ゼルートはセイルたちの中にキラキラした視線を感じて、顔を向けた。

（あいつは……確かロークだったか？　視線の先には……ルウナか。もしかして、彼女に見惚《みと》れて

いるのか？　まあ、その気持ちはわからなくもないな）

少々幼さが残っている美人系の容姿に、汚れが一切ない銀髪のストレートロングヘア。

そして、十五歳とは思えないほどの、整ったスタイル。

思春期の男子には目に毒とも言える。

（頬《ほお》が赤くなってるし……マジで一目惚《ひとめぼ》れ的な感じか？　別にそれにどうこう言うつもりはないけど……その恋が実る確率は低いだろうな）

ルウナの好みのタイプが大体わかっているゼルートは、今のロークでは絶対に無理だと感じていた。

しかし、だからといってロークの思いを止める権利はない。


「ようやく私の番か」

さらに先に進むと、ゴブリンリーダーが率いるゴブリンの群れが現れ、ルウナが一人で対峙した。

ゴブリンたちが現れた瞬間、女性陣の表情が一気に歪《ゆが》んだ。

（ルウナは特になんとも思ってなさそうだが、アレナたちの顔から滲《にじ》み出る嫌悪感……アレナなんて、若干殺気が漏れていないか？）

ゴブリンやオークは女性の天敵である。

ちなみに……ごく少数だが、男の天敵となるゴブリンやオークのメスも存在はする。

（どちらにしろ、人類から嫌われる存在だよな。オークはまだその肉が美味《うま》いからいいけど……ゴブリンなんてマジで使い道がない。あっ、確か睾丸《こうがん》は錬金術で精力剤になるんだったか？　……とりあえず、男にしか需要がないよな）

などとゼルートが考えてるうちに、ルウナがゴブリンたちをボコボコにしていた。

拳を放てばその顔面が弾け、上段蹴りを繰り出せば頭部が刈られる。

自らの高い身体能力を活かし、数秒でゴブリンたちを倒してしまう。

「……はーーーー、やはりゴブリン程度では話にならないな」

倒すときは多少楽しそうな目をしていたが、戦いが終わると、ルウナの体から力が抜けて、口からは不満が零《こぼ》れ落ちた。

「ルウナの実力を考えればなあ……せめて、ゴブリンジェネラルとかキングじゃないと、心が躍《おど》らないんじゃないか？」

「ジェネラルにキングか……ふっふっふ、もし遭遇《そうぐう》して戦えるなら楽しみだな」

ゼルートは、ルウナのバトルジャンキーな思考に苦笑いをするが、その考えもよくわかった。

なぜなら、たった今目の前に現れたモンスターを見て、少なからず楽しみだという感情を抱いている自分がいるからだ。

「スケイルグリズリーか……このあたりでは珍しいな」

Dランクの中でもよりCランクに近い実力を持っている魔物。体は鎧のように硬く、刃を簡単には通さない。ランクの低い武器であれば折れてしまうこともある。弱点は火だ。ただ、ファイヤーボール程度の威力では、大したダメージを与えられない。

ルーキーの域を少し抜けた程度の冒険者が挑み、あっさり殺される場合が多いことから、『初心者殺し』とも呼ばれている。

（普通に考えれば、遠距離から攻撃魔法を放って倒すんだけど……別に真正面から挑んでも問題ないよな!!）

後ろでセイルたちが騒ぐ声を無視し、ゼルートはスケイルグリズリーに向かって駆け出す。

相手は自身に挑んでくる人間を吹き飛ばすために、腕を力任せに振り回した。

だが、そんな単調な攻撃がゼルートに直撃するはずもなく、彼は容易に攻撃を受け流す。

そしてゼルートはそのまま攻撃に転じようとする……が、スケイルグリズリーは体を回転させてもう一撃放ってきた。

「もしかして、結構知恵がある感じか？」

しかしゼルートは、左側から迫る剛腕に左のジャブを放つ。

そして動きが止まった瞬間、さらにそこへ右拳を叩《たた》きつけた。

「グワァァアアアッ！！！？？？」

ゼルートの拳を食らったスケイルグリズリーは、痛みで動きが止まってしまう。

その隙《すき》を突き、拳に魔力を纏《まと》わせて右ストレートをぶち込む。

拳はスケイルグリズリーの腹にめり込む。その勢いはスケイルグリズリーを十メートルほど後方へ吹き飛ばし……木に激突させた。

（……拳の感触的に骨が砕けたか？　ひびは入ってるだろうし……やっぱり俺のワンサイドゲームで終わりそうだな）

そう思っていると、基本的に魔法を使うことがないスケイルグリズリーが、魔法を使いはじめた。

「は、はっはっは!!　どうやら俺は運がいいらしいな」

スケイルグリズリーが発動させた魔法は、ストーンバレットだった。

ただ、そのストーンバレットは、ゼルートに向かっては放たれなかった。

「……おーいおいおいおい、マジか。えっ？　そういう使い方するのか」

なんと、スケイルグリズリーは発動させたストーンバレットを、自身の手足に纏《まと》ったのだ。

これにより、ゼルートの約三倍のリーチとなった。

（えーーーーー……体格差だけを考えれば、マジで反則だよな。にしても、希少種には見えないんだが……もしかして『成長した個体』なのか？）

成長した個体は、希少種や亜種のように見た目が変わることはないのだが、経験を積んだことで、本来その個体が覚えないようなスキルを覚え、また身体能力が上昇されている場合がある。

「まあ、望むところって感じだ!!」

「グオォォオオオァアアアアッ！！！！！」

ゼルートの魔力を纏《まと》った拳と、スケイルグリズリーのストーンバレットを纏《まと》った拳が激突し――

衝撃で周囲の木々が揺れる。

「ッ、なるほどな。ストーンバレットを纏《まと》ったことで、身体能力も強化されたのか……結構厄介《やっかい》だな」

さらに――

「グオォォオオオーーーーッ！！！」

これまではむやみやたらに手足を振り回していたスケイルグリズリーが、そんな戦い方では勝てないと考えたのか、何やら構えた。

「なっ!?　今度は武術かよ。いくらなんでも成長しすぎじゃないか？　これだとCランクどころかBランクでもおかしくないぞ」

スケイルグリズリーによる構えからの攻撃は、どれもが合理的で的確なものだった。

「おっと。よっ、ほっ。ジャブとストレートのコンビネーションに空手の蹴りまで使うなんてな……普通は絶対にあり得ないぜ」

過去に何度もグリズリー系の魔物と戦ったことがあるゼルートだが、どの個体も目の前のスケイルグリズリーのように、立派な体術を使うことはなかった。

「元々の身体能力も高いし、なかなかスリルがある。戦いはこうでなくっちゃな！！！」

相手の拳を紙一重で避け、ゼルートはカウンターの要領で拳に纏《まと》っているストーンバレットを殴《なぐ》りつけて破壊した。

そして追撃の蹴りを入れようとするが——スケイルグリズリーは後ろに大きく飛んで、すぐに砕けたストーンバレットを修復した。

「状況判断も早いときたか。成長ってこんなに凄《すご》いのか？　まっ、まだまだ楽しめそうだし、そこら辺を考えるのは後にしよう！！！」

しばらくは激しい攻防が続く。

ぱっと見、互角に戦っているように見えるが……優勢なのはゼルートの方だった。

確かにスケイルグリズリーは果敢《かかん》に攻めているが、肝心の攻撃は当たらずに空《から》ぶってばかりだ。

当たったとしても、ゼルートは確実に防御しているので、ダメージは一切ない。

ただ、スケイルグリズリーはこの戦いの中で学んでいた。諦《あきら》めずに、フェイントを織り交ぜて、ゼルートを惑わそうとする。だが……スケイルグリズリー以上に戦い慣れているゼルートには、それも上手く決まらず、右ストレートを躱《かわ》されたときに、逆に綺麗《きれい》な一本背負いを食らわされる。

——一人と一体の戦いは十分ほど続いた。

スケイルグリズリーにはほぼ魔力が残っておらず、体力も尽きかけていた。

しかし本能的にわかってしまう。今この状況から逃げ出すことはできない。

目の前の冒険者を倒す以外に、自分が生き延びる方法はない。だから……大博打《おおばくち》に出る。

「グオォオオァァアアアアッ！！！！！！」

最後の力を振り絞《しぼ》り、ストーンバレットを右腕に集中して纏《まと》う。

そして、身体強化を足だけにかけたことにより、スピードも大幅に上昇。

「この土《ど》壇場《たんば》で魔力操作も覚えるのか……本当に凄《すご》いな。でも、この勝負は俺が勝たせてもらう」

ゼルートは魔力によって生み出した大きな風の刃を右腕に纏《まと》う。

「これで終わりだぁあああッ！！！！」

「グゥオオァアアアッ！！！」

スケイルグリズリーは絶対に殴《なぐ》りかかってくると予測していたゼルートだが、相手は最後の最後で一度も使っていなかった手を使った。

右腕に纏《まと》っていた巨大なストーンバレットを勢いよく打ち出したのだ。

完全にゼルートの不意を突いた一撃だった。

現在、ゼルートとスケイルグリズリーとの距離は二メートルほど。並の冒険者なら、避けようにも避けられない距離だ。

スケイルグリズリーはこの方法で今までもピンチを打破し、勝利してきた。

ゆえに、今回もギリギリの状態ではあるが、自分の勝利を疑っていない。

しかし今回の相手は、幼すぎる頃から自身を鍛《きた》えはじめた、ある意味化け物のような存在である。

「あっぶなっ！！！？？？」

驚いて声を上げながらも、ゼルートは円錐《えんすい》と化したストーンバレットをスライディングで躱《かわ》し、スケイルグリズリーの背後に回って――首を斬り捨てた。

　さすがに成長したスケイルグリズリーでも、再生のスキルまでは有しておらず、その首はゴロリと地面に落ち、そのまま体も崩れ落ちた。

「ふ～～～～……思っていたより強かったから、結構楽しめたな。こいつの強さを考えれば、魔石も期待できそうだな」

　錬金術を行うゼルートにとっては、魔石も重要な素材だ。

　全体の解体は後回しにし、魔石だけ抜き取ってから、全てをアイテムバッグにしまうと、ゼルートはガンツたちのところへ戻った。

「ん～～～、ゼルートのやつちょっと遅いな。見た目からして亜種や希少種ではなかったと思うんだがな」

　ルウナはゼルートのことを全く心配していない。ゼルートがスケイルグリズリー程度に負けるとは思っていないからだ。ただ、自分が思っていたよりも帰りが遅いので、何か厄介事《やっかいごと》に巻き込まれたのではないかと考えていた。

「確かに、見た感じは普通のスケイルグリズリーだったから、大丈夫だとは思うが……一応今は試験中だからなぁ～～」

　ガンツもゼルートの強さは知っているため心配はしていない。こちらは、Dランクの昇格試験の試験官として、目的地へのタイムロスは避けたかった。

ゼルートがスケイルグリズリーと戦いはじめてから、まだそれほど時間は経っていない……が、あまり他の受験者たちを待たせるわけにもいかない。

ガンツが悩んでいると、セイルたちのパーティーメンバーで、回復役であるミールが声をかけてきた。

「あの……もしスケイルグリズリーに倒されていた場合はどうするのでしょうか？　やはり今からでも助けに行った方がいいのでは……」

普通に考えれば、Eランクの冒険者が、力と速さもあるDランクのスケイルグリズリーに単体で敵《かな》うはずがない。

心配になってきたミールだが、セイルが口を挟んできた。

「はっ!!　カッコつけて一人でスケイルグリズリーなんかに挑むからだ。どう足掻《あが》いても呆気《あっけ》なく殺されるだろ。まっ、冒険者はそこら辺自己責任だから仕方ないけどな。これだと、ドウガンさんに勝ったのも、まぐれか卑怯《ひきょう》な手を使ったかのどっちかだな」

セイルは、ここぞとばかりにゼルートに対して悪態をつく。

そんなセイルを、アレナは早死にしそうだなと、氷のような目で見ていた。

ルウナも、この馬鹿は何をアホなことを言っているのだと、アレナと同様に冷めた目をしている。

しかし、二人とも今は試験中なので、あまりこの場で足を止めるのはよくないこともわかっている。

アレナは、ゼルートなら必ず自分たちに追いつくから先に行こうと、ガンツに進言するかどうか迷っていた。

そこへ――

「おう、待たせて悪かったな。今戻った」

当の本人が戻ってきた。

「おう、その様子だとスケイルグリズリーには勝ったみたいだな」

アレナは、迷う必要がなくなったことに安堵《あんど》した。

（考えるだけ無駄だったわね）

「ああ、ほら、これが死体だ」

アイテムバッグからスケイルグリズリーの死体を取り出し、尋《たず》ねてきたガンツたちに見せる。

頭がない状態のスケイルグリズリーの死体を見たアレナとルウナとガンツは、この結果は当然だと言わんばかりの表情になる。三人ともゼルートの勝利を全く疑っていなかった。

逆に、ローク、ラナ、ミールの三人は、信じられないと言いたげな表情だった。

しかし、それが通常の反応で、別にこの三人がおかしいわけではない。

ただ……セイルだけは、ゼルートがソロでスケイルグリズリーを倒すなんて絶対にあり得ないと思っており、強烈な目力で彼を睨《にら》みつける。

「首と胴体が真っ二つか。さすがと言いたいところだが、俺の予想としてはもう少し早く決着がつくと思っていたんだが……何かトラブルでもあったか？」

ガンツの問いに応《こた》えるために、ゼルートはまずアイテムバッグの中からスケイルグリズリーの魔石を取り出して渡した。

魔石は通常の濃い紫に加え、少々灰色が混ざっていた。

成長した魔物の魔石には、通常のものとは違う特徴があり、素人目でも違いがわかるようになっている。

「マジかよ……お前、成長した魔物を倒したのか。いや、ゼルートの強さを考えればそこまで驚くことじゃねえかもしれないが」

「成長してただけあって、結構強かったぞ」

ゼルートは簡潔に、スケイルグリズリーとの戦闘内容を話す。

最初に、スケイルグリズリーが魔法を使ったこと。そして発動した魔法を自分の手足に纏《まと》ったこと。最後に、ただ暴れるだけではなく、考えて戦っていたこと。

説明を聞き終えたガンツたちの反応は様々だった。

「成長した魔物なら魔法を使うのも納得できるが、発動させた魔法を手足に纏《まと》うのか……それだと、Cランクどころか、Bランク認定の魔物でもおかしくないな。今回の昇格試験が終わったら、一応ギルドに報告しておくか」

ゼルートは内心驚いていた。

(ガンツがちゃんと仕事人の顔をしてる……ぷぷっ、ちょっと似合わねえ)

だが、成長した魔物はそう簡単に現れないが、今後の参考になるので、ギルドへの報告は必須なのだ。

「は〜〜〜〜、ゼルートはいいな。成長した魔物なんてそうそう見つからないんだぞ。なあ、頼む！　今度は私に戦わせてくれ!!」

「あ〜〜、はいはい。りょーかい」

ルウナが両手を合わせて頼み込んできたのを、ゼルートは半分呆《あき》れた様子で返した。

(うん、ルウナはこれが通常運転なんだろうな。それとも、戦う職業に就《つ》いている獣人は、血の気が多いのか？)

ゼルートは、自分はそこそこのバトルジャンキーだと自覚していたが、ルウナは自分以上であることを知った。

「色付きの魔石は久しぶりに見たわ。マジックアイテムや魔剣なんかを作る素材としても使えるわ。よかったじゃない、ゼルート。売ってよし、素材として使ってもよしよ!!」

アレナが楽しそうに頷《うなず》く。

(随分とテンションが高いな、珍しい。でも、元Aランクの冒険者がそうなるほどに、こいつの価値は高いんだろうな)

お金に関しては余裕があるので、ゼルートは売るつもりがない。

そしてロークとラナとミールはこれを見て、ゼルートが本当にドウガンを一対一で倒したのかもしれないと、その実力を認めはじめた。

だが、セイルだけは納得していない様子で、そのことをブツブツと呟《つぶや》いていた。

それを見て、ゼルートはため息をつく。

(……何事もなく終わればいいんだけどな。ただ、何が起こるのかわからないのが、冒険者人生ってやつだよな)


スケイルグリズリーとの戦いが終わってから数時間後、ゼルートは周囲のメンバーに聞こえない程度の声で、アレナに話しかけた。

「なあ、アレナ。少し話があるんだけど」

「あのセイルって少年のことかしら？」

わかっているなら話は早いと、詳細を省くことにした。

「ああ、あいつのことなんだが……正直どう思う？」

「……当たり前だけど、あの子は自分の師を倒したあなたを敵視してるわ。そして、あなたに絶対に負けたくないという気持ちから、どこかで暴走するはずよ」

「そうだよなあ……やっぱりその可能性はあるよな」

人生経験が少ないゼルートは、そこまで自分の考えに自信を持てずにいたが、アレナが自分と同じことを考えているとわかり、確信に変わった。

「魔物との戦いの最中に獲物を横取りしてくるぐらいなら、別にいいんだけどな」

本来なら冒険者の暗黙のルールを破るなど、その場でぶっ飛ばされてもおかしくない。

ただゼルートは今回、セイルがそういった馬鹿な行動をとっても、咎《とが》めるつもりはなかった。

しかし……やられては迷惑な行動もある。

「問題なのは……盗賊を討伐しているときに暴走されることだ」

「そうね、私たちに関しては全く問題ないけれど、向こうのパーティーの誰かが怪《け》我《が》を負うか……最悪、死ぬ可能性だってあるはずよ」

ゼルートたちが、今回の討伐対象である盗賊たちに負ける可能性はゼロだ。

だが、他のパーティーのピンチに関しては、干渉できない場合もある。

（セイルのやつがどうなろうと知ったことじゃないが、他のメンバーはもう俺に対して敵意を抱いている感じはなさそうだからな～～……できれば何事もなく終わってほしいんだけどな）

「このことをガンツに伝える理由はあると思うか？」

「多分ないわね。いえ、言わない方がいいというわけではないのだけど……基本的に試験監督が試験中、受験者に手を貸すことはないのよ。手を貸したら、色々と面倒なことになるらしいから」

ゼルートより長く冒険者をやっていただけあって、普通の冒険者が知らないこともアレナは知っている。

結局、ゼルートたちにできるのは、セイルの暴走時に彼以外のメンバーに被害が及ばないように気にかけることのみ。

「一応、このことをルウナにも話しておいてくれ」

「わかったわ。それにしても……ゼルートは随分と優しいのね」

「……いや、別に普通じゃないか？」

「昇格試験なんて、普通は自分が受かることで頭が一杯なのよ」

それは本当の話であり、アレナもＡランク冒険者に至るまで、昇格試験のときは自分や自分の仲間が受かるか否かしか考えていなかった。

（普通はそんなもんか。俺は他のルーキーと比べて色々と余裕があるから、他人を気にしていられるんだろうな）


この日、特にイレギュラーな出来事が起こることもなく一日を終えた。

そして夕食を終え、寝る準備に入る前に、ガンツが明日の予定について話す。

「お前ら、これから明日の盗賊の討伐について話すから、寝るのはちょっと待て。とはいっても、俺は話し合いには参加しない。そうだなあ……ゼルート、お前が今回の討伐のリーダーだ」

ガンツの中では、今回の面子《メンツ》を考えれば、ゼルートが一番適任だった。

ただ、ゼルートからすれば、全くもって予想外の指名である。

「……いやいやいや、俺一番歳下なんだけど。アレナとかが一番適任だろ」

「普通ならそうだろうな。でも、アレナは立場で言えばお前の奴隷だろ。ギルドの暗黙のルールとして、奴隷にリーダーを任せてはならないんだよ」

ゼルートはアレナに目を向けるが、返ってきたのは残念ながら同意の視線だった。

「は〜〜……わかりました。リーダーとして立派に動けるかはわからないけど、意識して行動するよ」

ゼルートは渋々《しぶしぶ》ながら指名を受けた。

ただ、そこで口を挟む者が一名。

「俺はこいつがリーダーになるのは反対です」

セイルである。

（……そんな反応をするのではと思っていたが、まさか本当に反対するとはな。もう面倒だから、試験の間ずっと気絶させてやろうか。……いや、冷静に考えれば、それはそれで俺がアウトになるな）

反対するセイルに対し、ガンツは厳しい表情を向ける。

「なら、お前がリーダーになるか？　リーダーになるということは、他のやつらの命を預かるということだ。お前にその覚悟と強さがあるのか？　盗賊の頭領が予想より遥《はる》かに強くても、お前は恐れず仲間のために立ち向かえるのか？」

「そ、それは……」

　ガンツの普段とは違う圧のある表情に気圧《けお》され、セイルは上手く言葉が出ない。

「言っておくが、ゼルートは一度盗賊団を潰《つぶ》したことがある……一人でな。しかも、報奨金がかかっているやつもいた。それらを考えるに、ゼルートほど適任なやつはいないと思うんだが……それでもまだ、何か言いたいことはあるか？」

「ッ!!　……いいえ、ありません」

　その言葉とは裏腹に、まだ言いたいことはあるが、セイルはそれをグッと堪《こら》えた。

「よし、そんじゃ話し合いを始めてくれ」

（……初《しょ》っ端《ぱな》から雰囲気《ふんいき》が暗いのは勘弁《かんべん》してほしいな。主にセイルが原因なんだが……仕方ない。そんなことを言ったところで、余計に雰囲気《ふんいき》が悪くなるだけだ）

　というわけで、話し合いが始まった。

「あ〜〜……そうだな、まともに自己紹介していないから一応しておくか。俺の名前はゼルート。戦闘手段はロングソードを使った接近戦だ。一応素手での格闘戦もできる。魔法は雷と風が得意だ、以上」

　雷と風属性の魔法が使えると知り、セイルのパーティー四人は驚いた表情になる。

　それもそのはずで、現在のゼルートのランクを考えれば、前衛が二つの属性魔法を覚えているなど普通あり得ないからだ。

だが、ゼルートはその普通という枠から外れた存在であり、実際に使える魔法は実のところその二つだけではない。これでも遠慮していたのだ。

「私はアレナよ。武器は普段はゼルートと同じロングソードを使い、たまに短剣の二刀流でも戦うわ。魔法はそこまでは使えないけど、火と雷が得意ね」

セイルら四人は、アレナが元Aランクの冒険者だと知らないので、ゼルートのときと同様に驚く。ルーキーにとって、遠距離と近距離の攻撃、どちらも行えるというのは珍しいのだ。

「私はルウナだ。見ての通り狼の獣人だ。使う武器は……一応二人と同じくロングソードも使えるが、基本的には拳で戦う。魔法は……強《し》いて言えば火が得意だな。それと、身体強化にはそこそこ自信がある。あと、一応獣人だから耳と鼻が利く。なので、今回の盗賊討伐に関しては斥候《せっこう》の役割を果たすことができると思う」

意外にも、ルウナの自己紹介が一番まともであったことに、ゼルートは驚く。

（自分の手札をあまり喋《しゃべ》らないつもりで自己紹介したから、随分と適当になっちまったな。それに比べて、ルウナは全部喋《しゃべ》ったわけではないだろうけど、俺の自己紹介よりしっかりしてたな）

ゼルートたち側の自己紹介が終わり、今度はセイルたちの自己紹介に移る。

「名前はセイルだ。使う武器はロングソード。一応盾役もやっている」

タンクと言えるほど大きな盾は持っていないが、小盾を使って仲間を守る役割をパーティー内で

果たしている。

（……確かに、四人の中では一番ガタイがいいから、必然的に盾役になるのか……でも、どうせなら長剣じゃなく大剣を使って、それを盾に使えばいいのに……もしかして、筋力的に無理なのか？）

そんなことを言えばまた場の空気が悪くなりそうなので、心の中にしまっておく。

「僕の名前はロークです。武器はサーベルを使います。魔法は火魔法が少しだけ使えます」

ロークの細身の体を見て、ゼルートは頷《うなず》く。

（ふ〜〜〜ん……器用ではあるんだろうな）

サーベル、レイピアのような細剣を使うには、ある程度の器用さが必要になる。

斬ることよりも突くことに特化した武器ゆえに、攻撃時の角度がズレると、ポッキリ折れてしまう可能性があるからだ。

（今までそれなりに使ってきたんだろうから、そう簡単に折れることはないと思うけど……一応、あとで軽くて頑丈《がんじょう》そうなロングソードを渡しておくか）

ロークの努力を疑ってはいないが、それでも戦いの最中に死なれては寝覚めが悪いので、保険をかけておきたい。

「私はラナよ。武器はこの杖。とはいっても、基本的に魔法しか使わないわ。使える属性は水と風よ」

ザ・魔法使いという戦闘スタイルだが、ゼルートとしては少々不満があった。

（魔法使いだからって接近戦ができなくていいってわけじゃないんだよなあ……せめて、杖に魔力を纏《まと》って打撃を繰り出すぐらいはしてほしいんだが……今言ってもすぐにできることじゃないから、やめておこう）

ランクがあがればあがるほど、後衛職の冒険者も何かしら接近戦の手段を習得している。

もしくは、そういうのが必要ないほどに充実したマジックアイテムを身につけているか。

セイルたちの懐《ふところ》事情では、後者の方法で弱点を埋めることは不可能なため、ゼルートとしては前者をお勧めしたい。

「私はミールと申します。武器はラナと同じく杖ですが、魔法しか使えません。魔法は光魔法と水魔法、そして回復魔法が使えます」

（……あれだな、回復系魔法のエキスパートになれるな）

ラナと同じく接近戦が行えないことに不満があるが、それを補うほど回復魔法に特化しているはずだ。

（二人の近くにアレナがいてくれれば、そこら辺の問題は解決しそうだからいいんだが……このミールって子、一人だけが特別抜きん出ているな。水魔法と光魔法にも回復系の魔法は含まれている。そしてその二つは攻撃魔法も充実してる……これこそ絶対に言わない方がいい内容だが、今後解散……もしくは、ミールだけ他に引き抜かれる可能性が大きいな）

他の三人も冒険者になってからそこまで月日が経っておらず、才能やセンスはまだ開花していないだろう。

ただ、それでも現時点では、ミールが他の三人よりも三歩ほど先を進んでいる。

(どこのパーティーに行っても重宝されるはずだ。もしくは……見た目もいいから、どこかの貴族に仕えることだってできる……やっぱいいな。ミールがセイルたちのパーティーから抜けるつもりはなくても、他の三人が抱えるであろう劣等感を考えると……修羅場《しゅらば》が容易に想像できる)

アレナもゼルートと同じことを考えており、出会って間もなく、ほとんど関係を持っていないパーティーであるが、少々不憫《ふびん》に思えてきた。

仲間との絆《きずな》か、それとも余裕のある生活を取るか。

今は仲間との絆《きずな》を大事にしていても、いずれ現実に気づき……この仲間を捨てる未来を選ぶかもしれない。

ひとまず全員の自己紹介は終わり、盗賊のアジトの偵察や討伐について話し合う。

だが、作戦が決まるまで大して時間はかからなかった。

偵察はルウナが行い、戦闘の陣形に関しては、ゼルートとセイルとロークが前衛、ラナとルウナが中衛、ミールとアレナが後衛を務めることとなった。

そして作戦会議が終わり、ロークが一人になったときに、ゼルートは声をかける。

「なあ、ローク。ちょっといいか?」

「はい、大丈夫ですが……どうかしましたか?」

自分が持っている予備の武器を渡す前に、ゼルートは念のため確認する。

「サーベルって、今持っているもの以外に予備はあるか？」

「……いえ、僕の武器は、今持っているサーベルだけです」

ロークは自身が扱う武器が、どういうものなのかをよく理解しているので、ゼルートの問いに対して少々苦い顔になる。

（それでもサーベルを使うってことは、それなりにこだわりがあるのかもな……まっ、そのあたりを気にしてもしょうがない）

人のこだわりに口を出すつもりはなく、ゼルートはロークに鞘《さや》つきのロングソードを渡した。

「ほら、これを予備に使え。ロングソードも使えるだろ」

「あの、これは……鉄の長剣、ですよね。それにしては軽い気がしますが」

「その長剣には、自らを軽くする効果が付与されているからな。サーベルを使うお前でも使いやすいはずだ」

「えっ、使ってもいいんですか!?　……でも、このロングソードの対価を払うだけのものを僕は持っていませんし……」

一瞬嬉しそうな表情になるロークだが、すぐに自分の懐《ふところ》事情を思い出して、暗い顔に変わる。

しかし、ゼルートはこのロングソードを何本も持っているので、対価を貰《もら》おうなんて全く考えていなかった。

「別に見返りとかいらないから。戦っている最中に武器が折れて戦えなくなりましたとか、普通に困るだろ。だからあげるって言ってるんだ。遠慮せずに使ってくれ」

「あ、ありがとうございます！！！」

ロークは大袈裟《おおげさ》に頭を下げる。

（……人に感謝されるって、やっぱいいな）

そう思いながら、本日も見張りはゴーレムに任せ、ベッドでゆったり睡眠《すいみん》をとった。

◇

「……」

冒険者ギルドの受付嬢であるイルーネは、現在仕事中のはずだが、考え事をしていて全く手が動いていない。

「イルーネ、手が止まっているわよ」

そんな彼女の様子を見た同僚であるハーフエルフのミーンが声をかけた。

「あっ、ごめんなさい」

イルーネはすぐに業務を再開させる。

しかし、いつもは仕事に対して真面目《まじめ》なイルーネがボーッとしていたことを珍しく思い、ミーンはそのまま会話を続ける。

「何かあったの？　それとも、好きな人でもできちゃった？」

からかうように尋《たず》ねられたイルーネは、顔を少々赤くしてしまうが、なんとか言い返す。

「別にそんなんじゃないわよ!!　確かに気にはなっているけど、恋愛どうこうっていう感情は持っていないわよ」

「へ〜〜〜、それでも珍しいじゃない。あなたは、いつも冒険者には優しいけど、仕事中も気になってしまう人なんていなかったでしょ」

イルーネはまだ年齢が十八と受付嬢の中では若く、男なら誰もが綺麗《きれい》、もしくは可愛《かわい》いと答える容姿をしている。

スタイルに関しても、オオカミ的な言い方をすれば、ほとんどの男が食いたいと思ういいものを持っている。

だから、冒険者になったばかりのルーキーの男子たちは、イルーネに恋をすることが多い。

実際に、イルーネは今までに何度も冒険者から告白やプロポーズを受けている。

だが、どれも丁寧に断ってきた。

告白やプロポーズをする者の中には、俺の女になれと、強引に迫る貴族の三男や四男もいたが、その場にいた屈強な冒険者たちにボコボコにされて放り出されていた。

そんなイルーネが気になっている冒険者となれば、誰なのか知りたくなるのは当たり前であり、受付嬢の中にも以前から気にしている者が多い。ミーンもその一人だ。

「確かに新人よ……でも、中身は新人って感じじゃないのよね。強さに関しては完全に新人離れしているのよ。ゼルートっていう名前のルーキーに聞き覚えはある？」

受付嬢の仕事をしていれば、優秀な冒険者や期待のルーキーの情報はすぐに耳に入る。

当然ミーンの耳にも、ゼルートの情報は入っていた。

「ええ、もちろんよ。ギルドに登録した直後に、Dランクの冒険者とCランクの冒険者を倒したスーパールーキー君でしょ。確か今は、Dランクの昇格試験を受けてるはずよね」

「そうよ。そして、セイル君のパーティーも、一緒に昇格試験を受けているのよ」

ミーンはイルーネの言葉がどういう意味なのか少々考え……何を言いたいのか理解した。

「なるほど、そういうことね。試験中に何かしらの問題が起こりそうな組み合わせね」

優秀な冒険者や期待のルーキーでなくとも、受付嬢の頭の中には多くの冒険者の情報が入っている。

だから、セイルたちがドウガンを師事していることも知っている。

そして、セイルたちはもちろん、ドウガンを尊敬している。

その中でも、セイルはドウガンの強さに憧《あこが》れを抱いていて、他の三人よりも尊敬の念が強い。

そんなドウガンが、ギルドに登録して間もないルーキーに負けたなど、セイルとしては到底信じられることではない。

ゆえに、試験中にセイルがゼルートに喧嘩《けんか》を売るのではないか、そしてそれをゼルートが嬉々として買うのではないかと、イルーネは心配していた。

「そ、それに、酔っぱらってゼルート君に絡んだ冒険者とドウガンさんの結末は知ってるでしょ!!」

その情報も知っているミーンは、思わず苦笑いをする。

「まあ、それは……ね。話を聞いたときは、少しだけ絡んだ側の冒険者に同情したわ」

ゼルートは絡んできた相手を倒し、身につけていた装備や現金を奪っている。

奪われた側がCランクやDランクの冒険者なら、貯えや予備の装備などがあるはずなので、以降も冒険者としての生活を維持できるだろう。

しかし、セイルたちのようなEランクの冒険者だとそうはいかない。

低ランクモンスターの討伐依頼にも慣れてきたとはいえ、日々の生活を考えれば、武器の買い替えだって楽ではない。

「まっ、そこまで気にしなくても大丈夫よ。ゼルート君も、そこら辺のルーキーより知識はあるでしょうから、そんなひどいことはしないはずよ。それに、試験監督としてガンツさんもついてるんだから、たとえ決闘になったとしても、そういう行為は止めるでしょ」

「……そうだよね。よし、仕事に戻りましょう!!」

元気な声を出し、再び職務に集中する。ただ……やはりそう簡単に、イルーネの中からモヤモヤとした不安は消えなかった。

◇

「アレナ、今回討伐する盗賊の中で強いやつがいると思うか」

今日の夜に盗賊たちに奇襲をかけるため、現在ルウナは偵察に向かっていて、ゼルートとアレナの二人きりだった。

「そうね……多分、盗賊の頭《かしら》が元冒険者や傭兵という可能性はあるかもしれないわね。でも、盗賊になるような輩《やから》なんて、周りの下っ端に比べれば少し強いって程度のはずよ……ただ、今回はCランクの冒険者くらいの実力を持っているかもね」

「はっ⁉　Dランクの昇格試験にそんな相手を……なんでだ？」

「なんでって言われても……今回の受験者にはゼルートがいるからじゃないの？　それに、私たちの素性もだいたいわかってるわけだし」

「……なるほどね、納得した」

ルウナには今のところ大した実績はないが、ゼルートは既にDランクとCランクの冒険者を一人で倒している。そして、アレナは元Aランクの冒険者だ。だから今回の盗賊討伐は、普段の昇格試験と比べて、少々難易度が高く設定されている可能性が高いと考えたのだ。そして、それは正しかった。

話しているうちに、ルウナが戻ってきた。

「今戻った」

「おかえり、どうだった？」

「出入口は一つ。見張りは二人いた」

アジトの情報を聞きつつ、ゼルートは頭の中でどう攻めるかを考えはじめる。

だが、ルウナからの情報はそれだけではなかった。

「それと、多分だが、アジトの中に、盗賊にさらわれて監禁されている人たちがいる」

ルウナの鼻は他の獣人と比べても優《すぐ》れており、この情報は信用に値する。

それは、ゼルートとしてはあまり好ましくない状況だった。

「そうか……ガンツ、そういった人たちの救出も、俺たちの役目か？」

わかってはいるが、一応ガンツに確認を取る。

「ああ、もちろん。だがそれでも、基本的にここからはお前たちだけで動くんだ。そのことを忘れるな。俺はあくまで試験官だ」

ガンツの答えに、セイルたちは少々不安げな表情になる。

今回が初めての盗賊退治になるセイルたちにとっては、やることが増えただけで、プレッシャーが大きくなる。

（もしかしたらって半分ぐらいは思っていたが、まさかアジトの中に捕われた人もいるとはな……

まっ、少し人を割《さ》けば問題ないか）

盗賊討伐の面々から、救出のメンバーを選ぶことにする。

「予定変更で、鼻の利くルウナとミールは、捕まっている人たちの救出に向かってくれ。他のメンバーは当初の作戦通りに動く。何か意見はあるか？」

特に意見を出す者もおらず、盗賊討伐の時間まで各自体調を整える。

夜になり、作戦を開始。見張りの二人に気づかれないギリギリの位置まで近づく。

（ルウナの報告通り、見張りは二人。それは夜になっても変わらないみたいだな。というか、大きめの洞窟タイプのアジトって、兵士の拠点とかにはアリかもしれないけど、盗賊のアジトとしては見つかりやすくてアウトじゃないか？　いやまあ、盗賊の好みにどうこう言う気はないが）

ゼルートは余計なことを考えながらも、再度見張りの二人をどう殺すかを思案する。

「さっさとあの二人を殺さないとな」

基本的には遠距離攻撃で攻めるのがベストで、話し合いでもそう決めていた。

ゼルートが一人でやってしまいたいところだが、今回はセイルたちと合同での試験である。

彼らから、試験官であるガンツにアピールするチャンスを奪うのはよろしくない。

「やっぱり、ここは勢いよく俺がぶった斬ってやる。ローク、一緒に行くぞ」

急にセイルが動こうとした。

「アホかお前は。向こうはこっちに気づいていないんだぞ。なのに、なんでわざわざこっちから正体をばらすような動きをするんだよ。アホかお前は」

大事なことなので、ゼルートは二回も「アホかお前は」と言った。

（話し合いで、見張りは遠距離攻撃で潰《つぶ》すって話してただろ、鳥頭かよ。初めての盗賊退治で熱くなってるのかもしれないけど、もう少し考えてから発言してくれよ。脳筋って言われても仕方ないレベルだぞ。ドウガンに何を教わってたんだよ）

あまりにも考えのない発言に、ゼルートは呆《あき》れてしまう。

「なっ、なら、お前はどうやってあいつらを倒すんだよ!!」

自分の考えを真っ向から否定され、さらに馬鹿にされたことで、セイルは頬《ほお》を赤くしてゼルートに迫る。

しかし、そんな彼に対して、ルウナがいつもより低く、怒りのこもった声で叱責《しっせき》する。

「確かセイルだったか。お前はゼルートの言葉をしっかりと聞いていなかったのか。そんなに大きな声を出して、敵に私たちの存在がバレたらどうする。奇襲が全てパーになってしまうのだぞ」

まずは見張りの二人を殺し、できる限り存在を消してアジトの中へと入り、敵を仕留めていく。

見張りのどちらかがゼルートたちの存在に気づけば、片方が確実に仲間へと知らせる。

その時点で、作戦は全てパーになってしまう。

「お前一人で盗賊を討伐しているのなら、被害が及ぶのはお前だけだから別に構わないが、今回はお前のパーティーメンバーや私たちもいる。そして、中には、捕われた人たちもいるんだ。お前のつまらない行動で全てを無駄にする気か」

「ッ！！」

ルウナに言い返そうとするセイルだが、自分の行動が間違っていたと気づいて口を閉じた。

「安心しろ、ルウナ。一応サイレントの魔法を使ってるから、声でバレることはない」

ゼルートの言葉に、ガンツも含めて全員が安堵《あんど》する。

（まあ、サイレントを使っていたことを忘れてたから、俺も結構焦《あせ》ったけどな）

ちなみにサイレントという魔法は、音魔法に属する。

ただ、ゼルートの場合は、同じ効果の『スキル』を創造のスキルで創り出していた。もちろん、彼らには言わないが。

「とりあえず……ラナ、アロー系の魔法を使えるか？　片方は俺が殺すから、もう片方を頼みたい。いけるか」

「ええ、もちろんよ。この距離ならウィンドアローね」

早速、ゼルートは指先に魔力を集めて照準を見張りの頭に定め、ラナはウィンドアローの詠唱を開始する。

「風よ、その力を矢に変え、敵を貫け……ウィンドアロー！！」

「ブレット」

ラナの放った風の矢が見張りの右胸を大きく貫き、ゼルートが放った魔力の弾丸がもう一人の見張りの頭部を貫いた。

見張りの二人は、自分が殺されたということも認識できずに、この世を去った。

「……よし、見張りはどっちも死んだみたいだな。それじゃ、行くぞ」

「ゼルート、ちょっと待って」

アレナは盗賊たちのアジトに入る前に、見張りの死体がある場所でゼルートたちを一旦止めた。

「どうしたんだ？」

「少しだけ時間を貰《もら》うわ」

そう言うと、アレナはセイルたちの方を向き、告げる。

「あなたたち、目を逸《そ》らさずにしっかりと見なさい」

アレナは既に死んでいる見張りの死体を長剣で斬り裂きはじめた。

声をかけられ、死体を見ていたセイルたちは、内臓を見た瞬間……猛烈に気持ち悪くなり、全員が吐《は》いた。

そして全てを吐《は》き終わった後、彼らは文句を言おうとするが、それはアレナの言葉に遮《さえぎ》られてしまう。

「今ここで吐《は》いてしまってよかったわね。これが盗賊との戦闘中なら、あなたたちはこの死体と同じようになっていたわ」

自分たちが、目の前の死体と同じようになる。その光景が頭の中に浮かび……セイルたちは一気に顔が青くなる。

魔物の死体と人の死体では、どうしても内臓を見たときの感覚が違ってくる。

冒険者の中には、どちらも大して変わらないと思える強い精神を持つ者もいるが、大半は魔物の内臓には慣れていても、人の内臓にはすぐに慣れることができない。

特に新人の冒険者は精神が強くなければ、今回のセイルたちのように吐《は》いてしまう。

「ここから先は、覚悟を決めた者しか入れない場所よ。人を殺すことに躊躇《ためら》いがある者は……そこで縮こまって待っていなさい」

少し威圧感が混ざったアレナの言葉に一瞬怯《ひる》むセイルたち。だがすぐに力強い目で彼女を見返す。

「その様子だと、覚悟は決まったみたいね。ゼルート、もう大丈夫よ。時間を取って悪かったわ」

「いや、大丈夫だ。セイルたちには必要なことだったからな」

ゼルートは本心からそう言った。

（そうだよな、誰もがいきなり自分と同じ人間を殺したり、惨《むご》い死体を見て平常心でいられるわけじゃない。そのあたりに気を配っておいた方がよかったな）

自身の考えを反省しながらも、ゼルートは仲間とともにアジトの中へ突入した。

捕われているであろう人たちを救出するために一旦、ルウナとミールとは別れて行動する。

「そんじゃ、予定通り、救出したらアジトの出口で待っていてくれ」

「ああ、わかっている。ないとは思うが、怪我《けが》をしないように気をつけてな」

ルウナの気遣いに、ゼルートとアレナは笑顔を返す。

「一人も逃さず叩《たた》き潰《つぶ》してくるよ」

「ありがとね。ルウナも大丈夫だとは思うけど、気をつけて」

ミールも、セイルたちから応援の言葉を貰《もら》って緊張がほぐれたらしく、軽快にルウナについていく。

ゼルートたちは、救出隊と別れてから大きな広場が見えてくるまでの間は、敵と遭遇《そうぐう》しなかった。盗賊たちはまだこちらの存在に気がついていないようだ。

そして広場に辿《たど》り着くと、ルウナから可能性として指摘されていた通り、そこには酒を飲んで宴会状態の盗賊たちがいた。

（とりあえず奇襲は成功するだろうな。ただ、水や火での攻撃はやめておいた方がよさそうだ。酒に引火とか洒落《しゃれ》にならない。かといって、風や雷魔法を使えば、それだけで大半のやつが死んでしまい、試験にならないだろうし……ここは土魔法にしておくか。あっ、でも土魔法はセイルたちに話してないし……もうこの際どうでもいいか）

とりあえず、奇襲の方法を決めたので、ゼルートは全員に流れを伝える。

「俺が魔法を使って奇襲をかける。みんなはそれに続いてくれ。陣形は作戦通りだ」

ゼルートの言葉に全員頷《うなず》き、戦闘態勢に入る。

「よし……土よ、その力を無数の棘《とげ》と化し、戦場を穿《うが》て……グランドニードル」

呪文を唱え終えると、盗賊たちの足元から一斉に岩の棘《とげ》が現れ、彼らの足や太腿《ふともも》などを貫いていく。

「がぁあああ！！？？」

「な、なんだこの棘《とげ》は!!」

「痛ってえええ！！！　誰でもいいから、ポ、ポーションをくれーーーーッ！！！」

「くそ、いったいなんだってんだよ!!」

「おい、あそこを見ろ！　冒険者たちが来てるぞ！！！」

突然の襲撃に取り乱す盗賊たちだが、すぐにゼルートたちを見つけ、各自武器を持って迫っていく。

(半分ぐらいは動けなくなるかと思っていたけど、アドレナリンが大量に分泌されているからか、思っていたよりも動けるやつが多いな)

ゼルートの予想は少々外れたが、見た限り全員実力は大したことはない。

「へっ、結構エグイ魔法を使っていたからどんな冒険者かと思えば、ガキじゃねえか。おいお前ら！　一気に囲んで潰《つぶ》すぞッ！！！！」

一人の盗賊の言葉にその他大勢が同意し、文字通りゼルートは囲まれてしまう。

一般的なルーキーではとてもじゃないが冷静ではいられない状況だった。

しかし、ゼルートからすれば、ここまで多数で囲むのは愚策に思えた。

（こいつら……ただ囲めば何とかなるって思ってるのか？　今まではそれで上手くいっていたのかもしれないが……俺としてはもう少し頭を使えよってツッコみたいな）

　ただ囲っただけでは、逆にゼルートにとって戦いやすい形になってしまう。

「潰《つぶ》されるのはお前らの方だよ、脳筋馬鹿ども」

「はっ！　調子に乗ってんじゃねえぞクソガキがッ！！！」

　特に調子に乗っておらず、盗賊どもを倒すために長剣に手をかける。

「よっ、と」

　自身を囲む盗賊を全て倒すため、魔力の斬撃を回転しながら放つ。それは、相手を斬ることに特化した攻撃。盗賊たちのスケイルメイルやプレートアーマーや盾をあっさり斬り裂いた。

　胴体や腕や足を斬られた盗賊たちは、その痛みにのたうち回る。

　一方、セイルとロークは幼馴染《おさななじみ》ということもあり、お互いの剣術スキルと細剣術スキルを駆使し、相方の隙《すき》をカバーし合い、着実に盗賊たちの数を減らしていた。

　ただ、怪我《けが》こそしていないが、二人の顔には精神的疲労が出ている。

　アレナは過去に何度も盗賊の討伐経験があるので、ラナの前に立ち、向かってくる盗賊たちをカウンターで仕留めていった。

　ラナも、詠唱が完了する度に攻撃魔法を使用し、盗賊を迎撃する。

　しかし、ゼルートのように戦場を駆け回りつつ魔法を放つことはできない。つまり、その場から動けなかった。

そして、それはラナを守らなければいけないアレナも同じだった。……ただ、アレナと盗賊たちの身体能力には、大きな開きがある。

盗賊たちがアレナの剣速についてこられるわけがなかった。

（ふう、雑魚《ざこ》はもう少しで片づきそうだな。けど、そろそろ……動き出したみたいだな）

盗賊たちが宴会を開いていた広場の奥から、身長二メートル超えの男が、ゆっくりゼルートたちのもとへ歩を進める。

まだ残っている盗賊たちに安堵《あんど》の表情が浮かぶ。

（間違いなくあいつが盗賊の頭《かしら》だな。冒険者のランクで言えば……アレナの言う通り、Ｃランクぐらいの実力はありそうだな。ただ、注意すべきはその実力より、あいつが持っているマジックアイテムの大剣だな。多分……というか、絶対に、俺かアレナが相手をしなければまずい）

ゼルートの判断は正しかったが、実際に行動に移すのがコンマ数秒遅れた。

結果……ゼルートが予測していた出来事が起こってしまう。

「あいつが盗賊の頭《かしら》……俺が相手だあぁぁあああああーーーーッ！！！！」

セイルが、一人で盗賊の頭《かしら》に攻撃を仕かけたのだ。

普通に考えれば、彼が盗賊の頭《かしら》に敵《かな》うわけがない。

レベルや身体能力や身につけている装備。それらの点から考えて、盗賊の頭《かしら》に勝てる確率はゼロだった。

「チッ！　くそったれが。まさか本当に一人で突撃するとはな……本当に、正真正銘のアホだ」

　セイルの行動に悪態をつきながらも、ゼルートは今の状況をどう打破すればいいか考える。

(ロークの考えまで無視して一人でツッコむとか、マジでアホだろ。とりあえずロークはアレナたちと距離が近いから、彼女に任せるとしよう。そんでアホのセイルは……まずあの頭《かしら》に勝つ見込みはない。そこそこ痛い思いをしてもらえば、こちらとしては助かるんだけどな)

　完全に油断していたこともあり、ゼルートがどう動こうが、セイルと盗賊の頭《かしら》のファーストタッチは止められない。

「ローク、すぐにアレナのところに移動して、二人でラナを守れ！　アレナ、二人を頼んだぞ。俺はセイルの方に向かう」

「わかりました！」

「わかったわ、こっちは任せなさい！」

　ゼルートの指示通り、ロークは即座にアレナたちと合流する。

　前衛が増えたことで、アレナは積極的に残っている盗賊の始末をしはじめた。

「よし、向こうは大丈夫そうだな。それで肝心のこっちは……」

　セイルと盗賊の頭《かしら》との戦いに目を向けるが、それはまさに子供と大人の戦いだった。

「おいおいおいどうした、こんなもんかッ!!　せっかく子分どもを殺してくれたやつを存分にいたぶってから殺してやろうと思ったのによ〜〜〜……これじゃあ、いたぶる気も失せるなあ〜〜〜」

少し離れたところにいるゼルートは、盗賊の頭《かしら》を鑑定眼で調べた。

（名前は……ボーランか。レベルは二十五。レベルだけを考えれば、Ｃランクが妥当《だとう》だな）

完全におもちゃで遊ぶような表情で、ボーランは大剣の腹をセイルに叩《たた》きつける。

「が、はッ!!　くッ、そおおおおお!!　まだだ、まだだーーーーッ！！！」

セイルは、大剣での打撃はなんとか小盾を使って防いでいたが、ダメージがゼロというわけではない。

セイルの実力を考えれば、もっと頭を使って挑まなければいけない相手なのだが、冷静さを欠いている彼に、そんなことをする心の余裕はない。

「学習能力がないガキだなあ……お前みたいな駆け出しが、俺に敵《かな》うはずがないだろ！！！」

再び剣戟《けんげき》が始まるものの、目に見えてセイルが押されている。

見た目の身軽さだけで言えばセイルが上だ。しかし、レベルの違いによる身体能力の差がそうはさせない。

（ボーランが装備している大剣は魔剣の類《たぐい》。身につけている腕輪も、マジックアイテムだ。おそらく、戦いに武器の重さは関係ない。ボーランは実力や経験がそこそこあって、魔剣や他のマジックアイテムも装備しているということは……このままじゃ、やはりセイルは負けるな）

ちなみにゼルートは、今参戦すれば絶対にセイルが邪魔になるのであえて動かず、セイルが死にそうな攻撃を受けかけた瞬間に絶対に助けられるよう、準備だけはしていた。

「これでどうだッ!!　火炎斬ーッ！！！！」

セイルは自身の必殺技とも言える技を、ボーランに向かって放つ。

相手がEランクやDランクのモンスターであれば、この一撃で形勢がひっくり返り、逆転してもおかしくない。だが、今回は完全に相手が悪かった。

ある程度の経験があると、ルーキーくらいなら表情や動きから次にどのような動きをするのか読める。

そんな相手に対し、不意を突いたり足場を崩したりなど、体勢を崩すこともせずに、すんなり大技が決まることはない。

それに、二人の戦力差を考えても、セイルの火炎斬でダメージを与えることは難しい。

「そんなひょろっちぃ攻撃が、俺に効くわけねえーーだろッ！！！！」

「がはっ!!　しまっ、俺の剣が!?」

セイルが持っていた長剣は吹き飛ばされた。

「おらおら、隙《すき》だらけだぞッ！！！」

「ぐぼっ！！？？」

さらに腹に蹴りを入れられてしまう。

体格とレベルの差もあって、セイルはゼルートの近くまで蹴り飛ばされた。

「く、そッ……まだ、まだだ。まだ、終わってない！！！」

　今の攻撃で肋骨にひびが入っているにもかかわらず、セイルは己を奮い立たせて起き上がる。そしてもう一度ボーランに挑もうとする……が、そこでゼルートに止められた。

「セイル、後ろに下がってろ。お前はもうまともに戦えないだろ。あいつの相手は俺がする」

　既に長剣は吹き飛ばされ、得物を持っていない。セイルの体はボロボロなのに対して、ボーランは無傷である。

　セイルにはそこそこ痛い目に遭《あ》ってもらったので、いい薬になっただろうと考え、選手交代を告げた。だが、セイルがその言葉に納得するはずがない。

　まだまだ自分は戦えると思っている彼は、ゼルートに向かって怒声を上げる。

「ふざけるなッ！！！　あいつの相手は俺だ、邪魔するな！！！」

「ふざけてるのはどっちだ、馬鹿野郎。自身の得物を持っていないくせに、どうやって戦うつもりだ。素手での接近戦ができるわけじゃないだろ」

　セイルのように怒声を上げてはいないが、ゼルートの声には確かな怒りがこもっている。だが……セイルはそれにすら気づかない馬鹿者だった。

　ゼルートの制止を無視し、セイルは再びボーランに挑もうとする。

「そんなの関係ない！！！　あ、あいつは、俺が倒す！！！」

「それなら、もう寝ていろ。アホたれ」

「がっ!!　が、あ……」

　ゼルートはセイルにスタンを浴びせ、意識を完全に奪う。そして、倒れたセイルを、残りの盗賊を全て倒し終えたアレナのもとに投げると、ボーランに顔を向ける。

「悪いな、わざわざ待ってもらって」

「はっ！　あんな弱いやつにもう興味はねえからな。それに比べて、お前はなかなか楽しめそうだ」

　ボーランはゼルートの動きを全て把握《はあく》しているわけではないが、その強さが並でないことはわかっていた。

「あのアホと違って、相手のある程度の力量はわかるみたいだな。こっちとしては簡単に殺されてくれれば嬉しいんだが、そのつもりはないだろう」

「当たり前だ!!　戦うからには、その先の勝利を求めるに決まってるだろ……それじゃ、もう言葉はいらないよな」

「ああ……そうだな」

　一瞬、広場が静寂に包まれた……そして、空間を揺らす衝撃音が響き渡る。

　ようやく、Dランク昇格試験の最後の戦いが始まった。

　ボーランの得物である大剣と、ゼルートが持つ鉄の長剣がぶつかり合う。

　ボーランの武器が一般的なものであれば、この一撃で折れている可能性もあった。

しかし、彼の大剣には傷一つついていない。

（さすがはマジックアイテムの大剣といったところか。それに腕輪と……どうやら靴もマジックアイテムみたいだな。おそらくだが、筋力と脚力を上げる効果が付与されているはず。大剣には、属性付与か切れ味を上昇させる効果ってところか。にしても……意外とまともな剣術を使うんだな）

ゼルートは声には出さないが、絶対に大剣や腕輪も手に入れてやると決めた。

そして、ボーランはセイルとの戦いのときとは違い、動きが真っ当だった。

「よっと！」

バックステップでボーランから距離を取り、ゼルートは再び斬りかかる。

しかしその速度にボーランは反応し、上段からの斬撃を大剣で受け止めた。

「ちっ、ガキのくせになんつーー強さだよ。一応これでも力には自信があるんだけどな！！」

ゼルートの斬撃を受け止め、そのまま跳ね返したボーランは、わずかに後退してから、ゼルートと同じく脳天目がけて大剣を振り下ろす。

足の速さを考えれば、その斬撃を避けてから反撃に移れるゼルートだが……あえて大剣から繰り出される一撃を、長剣の側面で受け止めた。

「くそがッ！！！　なんだってんだよ、そのロングソードは！　俺の大剣みたいに、マジックアイテムってわけじゃなく、ただの鉄のロングソードだろ。なのに、なんで折れねえんだよッ！！！」

ボーランは、セイルとは遊び半分で戦っていたので大して力を入れていなかったが、現在は、本気で力を入れて戦っている。

だがそれでも、ゼルートのロングソードが折れることはない。

ゼルートが扱う鉄のロングソードは、鉄の硬度を百パーセント引き出した上に、他にも良質な鉱石を混ぜている。

だから、決してただの鉄の長剣ではない。しかも、今はゼルートの魔力が纏《まと》われている。

この状態の長剣を折りたいのなら、ゼルートが持つランクBの氷の魔剣、フロストグレイブ並みの業物《わざもの》でなければ不可能だった。

そして、ボーランが持つ大剣は、そのレベルに達するものではない。

「戦闘中にそんなことを考えていていいのか？」

「なっ、消え……がはっ!?」

ボーランの斬撃を弾き、素早く横に移動して蹴りを加える。

その言葉だけ聞くと、そんな簡単に見失ってしまうのかと疑問に思えるかもしれない。

だが、ゼルートとボーランとの身体能力の差は、文字通り格が違う。

ゼルートが本気で動けば、ボーランは目で追うことができない。

しかし、動きを一瞬の間に予測し……大剣を縦にすることで直撃を防いだ。

もっとも、衝撃まで防ぐことはできず、その体は数メートルほど横に吹っ飛ぶ。

「ぐ、く、そがあぁあああああッ！！！　お前ぇ……いったい何者だ。お前みたいな歳でそれほどの強さを持っているなら、多少なりとも名が売れているはずだ！」

ボーランの頭の中には、この近辺で有名な冒険者や騎士の名前、特徴が入っている。

にもかかわらず、目の前の少年の情報は一切ない。

そんなこともあり、ボーランの焦《あせ》りは次第に大きく膨れ上がっていく。

「そう言われてもなあ……俺が冒険者になったのはここ一週間ぐらいの話だ。別に何か特別な功績を残したわけでもないから、お前が俺のことを知らないのも当然だろ」

「なっ⁉」

ボーランは驚いた表情……というより、ゼルートの話が信じられないといった顔をしていた。

それもそうだろう。冒険者に登録して一週間ほどしか経っていないルーキーが、盗賊の討伐に参加するなんて、聞いたことがない。

もっとも、ゼルートは過去に盗賊団を潰《つぶ》したことがあるので、特に高い壁でも何でもない。

「信じられるかっ‼　……って言いたいところだが、どうやら本当のようだな」

「へぇ～～、なかなかわかってるな。なら、もうお前が俺に勝てないってこともわかってるな。それなのに……いつまで奥の手を隠しているつもりだ？」

「……」

ゼルートの問いに、ボーランは答えない。

大剣にはかなりの魔力が宿っていることに、ゼルートは気づいていた。

魔法使いや神官が使うマジックアイテムの中には、魔力を溜《た》める効果が付与されているものがある。

その効果により、魔力が少ない者でも、技量さえあれば、レベルの高い魔法を発動させることができる。

ボーランの持つ大剣にもそれが付与されている。

「俺は次の一手でこの戦いを終わらせるつもりだ……死にたくなかったら、本気で来るんだな」

「ちっ！　そうだな。どうせ俺は死ぬだろう」

はじめから、ゼルートが並以上の実力を持っていることはわかっていた。

だが……実際に戦うことで改めてわかった。自分が目の前のガキに敵《かな》うことは絶対にないと。

しかし、ボーランの辞書に投降の文字はない。

「なら、最後ぐらい足掻《あが》かせてもらうぞッ！！！！」

この勝負を終わらせるため、両者技を繰り出す態勢に入る。

「すごい、あそこまで魔力を器用に集めるなんて……それに魔力操作だけじゃなく、同じ剣士として剣術の技量の高さが身に染みてわかります。アレナさん、彼は魔法剣士なんですか？　いや、そうでなくとも、十分にハイレベルな戦いをしているのですけど」

「本当に……私たちとはレベルが違いますね。セイルが使う魔力の斬撃と彼が使う魔力の斬撃でさえ、威力も範囲も桁違いです。どうして私たちよりも歳下の彼があそこまでの実力を……アレナさんは彼がどのようにして、あのような実力を手に入れたのか知っているのですか？」

ロークとラナの質問に、アレナはどう返せばいいか迷った。

アレナ自身、まだゼルートと出会って大した日数は経っていない。

しかし、お互いの過去の話などは、ルウナも交えて語り合っている。その内容から、ゼルートの強さの根源を考えた。

「……そうね。魔法剣士とは少し違うわね。ルウナと同じく、己の五体を使って戦うこともできる。なんて言えばいいのかしら……まっ、簡単に言えば、オールラウンダーよね。彼一人で、大抵のことは何でもできてしまう。それと、なぜあの歳であそこまで強いのかは……ゼルートの生き方に関係していると思うわ」

まだ人生経験が短い二人にとって、生き方がなぜ強さに関わるのかわからない。

だが、それは昔のアレナも同じだった。

Aランク冒険者という立場まで駆け上がる中で、生きる上での考えや心構えが強さに影響するのだと気づいたのだ。

「ゼルートは幼いながらに、人生を楽しんで生きるには強さが必要だと考えた。知らない場所に行くにしても、どんなトラブルに遭遇《そうぐう》するかわからないでしょ。だから、そんなトラブルをぶっ飛ばせる力があれば、自分がまだ体験したことがない楽しみに出会えると思ってるのよ。そして……その楽しみのために鍛《きた》えはじめたのが五歳の頃、とも言っていたわね」

ラナとロークは唖然《あぜん》とした表情で、ゼルートに顔を向ける。

歳は自分たちより下のはずなのに、見ている景色や目標、そして積み重ねてきた努力の量——多くのものが、自分たちと違いすぎると感じた。

さらに、ゼルートに対して喧嘩《けんか》腰だった自分たちを思い出して、顔を赤くする。

とはいえ、当のゼルートは見た目以上に精神年齢が高いので、今の自分の外見では侮《あなど》られることが多いというのは理解している。

もっとも……絡んできた相手に対しては、どうやって料理するかを楽しんでいるため、むしろ絡んできた相手に御愁傷様《ごしゅうしょうさま》という結果になる。

「ほら、もうすぐ戦いが終わるわよ。おそらく……一撃でね」

三人の視線は、技の構えを取るボーランとゼルートに集中した。

「おいガキッ！　悪いが、この技でてめぇをぶっ倒す！！！」

これから放つ一撃に相当自信があるボーラン。だが、このとき彼の頭はアレナたちの存在が頭からすっぽりと抜けており、ゼルートを倒した後のことは全く考えていなかった。

それに対してゼルートは、ボーランの言葉を聞いて、ニヤニヤと相手を挑発するかのような顔になっているが、内心ではどんな技が出てくるのかワクワクしている。

「へ〜〜〜〜、自信たっぷりだな。それじゃ……いくぞ」

そして、両者の技が放たれる。

「うおぉおおおおおおーーーッ！！！　終わりだ、烈火灰燼砲《れっかかいじんほう》ッ！！！！」

ボーランは大剣をまっすぐ中段で構え、刃先から高熱を宿す炎の砲撃を放った。

威力だけ考えれば、火魔法の上級魔法並みである。まさに奥の手と言える必殺技だ。

並の冒険者なら、この炎に呑《の》み込まれ、灰となって消えるだろう。

だが、今回迎え撃つのは並でない異常な強さを持つルーキーだ。

（普通に凄《すご》いな。魔力を充電できる効果を有効活用すれば、これだけ凄《すご》い技を出せるのか……なら、こっちもいい技を見せないとな）

ゼルートは何も持っていない左手から魔力の弾丸を放ち、続けざまに右手に持つロングソードから魔力の斬撃を放つ。

「炎の砲弾を斬り裂け、ブレットスラッシュ」

放たれた魔力の弾丸に斬撃が追いつき……重なって矢のような形に変わる。

（某海賊の戦隊の技を真似《まね》たんだけど、これが案外強いんだよな）

魔力の矢は貫通と切断に特化しており、見事に烈火灰燼砲を真っ二つに斬り裂き——そのままボーランに向かう。

まさか、自分の奥の手がそんなあっさり破られるとは思っておらず、ボーランはなんとも間抜けな表情のまま、体を縦に両断された。

「なかなか楽しませてもらったぜ、ボーラン。そんで、悪いがお前が持っていたマジックアイテムは俺が貰《もら》っていく」

ゼルートはボーランの死体からマジックアイテムを外し、アイテムリングの中に入れていく。

生き残った盗賊がいないことを確認したアレナたちは、ゼルートに労《ねぎら》いの言葉をかける。

「お疲れ様、ゼルート。その顔を見る限り、一応は満足できたみたいね」

「ああ。マジックアイテムの効果があっての身体能力だったけど、動きは悪くなかった。それに、最後の炎の砲撃には少し驚かされた」

斬り裂かれた炎は着弾した地面を燃やしている。

「それにしては随分あっさりと打ち破ったみたいだけど」

「それは、単に実力と放った技の質による差だろ」

アレナは、当然だと言わんばかりのゼルートを見て、そもそもその歳でそこまでの実力を持っているのがおかしい、と心の中でツッコんだ。

「ゼルート君、一応試験は終わったわけだけど、この後はどうすればいいかな」

「この馬鹿リーダーのこともね」

ロークとラナが問いかける。

スタンで気絶させられたセイルはいまだ夢の中だった。

ゼルートは、ルウナたちが捕まっているであろう人たちの救出に向かっていることを思い出した。

「とりあえず、死体はアンデッドになったり疫病《えきびょう》の原因になったりしたら面倒だから、俺が一か所に集めて燃やしておく。アレナたちは、先にルウナたちの方に行っといてくれ」

「わかったわ」

こうしてアレナたちはこの場を離れた。ゼルートは盗賊の死体を集めはじめる。

「――だいたいこんなもんか」

ゼルートは盗賊の死体を一か所に集め、まだ使えそうな装備は回収した。

「燃やすにしても……そうだな。蒼炎は使わないでおくか。よく燃えるかもしれないけど、普通の火より酸素を消費するからな」

ファイヤーボールを十個ほど生み出し、死体の山に火をつけた。

やがて死体がボロボロになったのを確認したゼルートは、アレナたちのもとへと向かう。

◇

ゼルートたちと別れて、盗賊とは違うにおいがする方向に向かったルウナたち。

その方向には見張りの盗賊が二人おり、ルウナは片方を頭部を殴《なぐ》って瞬殺した。そして、もう片方の見張りは腹部を殴《なぐ》って無理矢理気絶させた。それから、ミールに短剣を渡す。

ミールはアジトに入る前にアレナから伝えられたことを思い出し、意を決して盗賊の喉元に短剣を突き刺した。

喉元に刺した感触にミールは吐《は》きそうになってしまうが、なんとか堪《こら》えてルウナの後に続く。

奥には、簡素な檻《おり》に入れられた人々がいた。

彼らが入れられている檻《おり》には鍵がかかっており、ミールは焦《あせ》りながらも周囲に鍵がないか捜索を始める。

「ふんッ!!」

だが……鍵を探さずとも、ルウナが力任せに檻《おり》を破壊した。

脳筋と言われても納得するしかない解決方法だが、それが最短の解放ルートだった。

「あ、ありがとうございます、冒険者さん」

中には大人の女性と幼い子供たちがいた。その代表として、二十代半ばの人族の女性が、ルウナとミールに頭を下げる。

「気にする必要はない。私たちはギルドの昇格試験のためにここの盗賊を討伐しに来ただけだ。それに……礼なら、奥の広場で盗賊たちを倒している私たちの仲間に伝えてくれ」

「わ、わかりました。それと……私たちはこれからどうなるのでしょうか。私のような大人はなんとか元の生活に戻れるでしょうが、子供たちの中には親がどうなったかわからない子もいるので」

返答に困ったルウナだが、自分の主《あるじ》の顔を頭に浮かべ、あの人なら何とかしてくれるだろうという考えに至った。

「安心して大丈夫だ。私たちが拠点にしているドーウルスの領主は真面目《まじめ》な貴族らしい。それに、もし何かあれば、私が所属しているパーティーのリーダーが何とかしてくれるはずだ」

ルウナの返事を聞き、女性はホッとした表情になる。

子供たちはルウナと女性がどのような会話をしているのかいまいちわかっていないが、女性が安心している顔を見て、自分たちがここから逃げられることはわかったようだ。

そして、ルウナは事前にゼルートから渡されていた簡素な服を女性や子供たちに渡すと、ゆっくりアレナたちがやってくるのを待った。

しばらくして、ゼルートを除いた面々が姿を見せた。

「ルウナ、どうやら無事に助けられたようね」

「ああ。見張りをしていた盗賊たちは正直弱すぎて話にならなかった」

盗賊退治が終わったアレナたちは、自分たちに起きた出来事を軽く説明した。

「一応、ミールに人を殺す体験をさせておいたんだが、よかったよな」

よくよく考えれば、回復担当であるミールが人を殺す必要はなかったんじゃないのかと思いはじめたルウナは、念のためアレナに訊《き》いてみた。

「ええ、もちろんよ。回復担当だからって接近戦を全くしないなんてことはあり得ない。絶対に自分の手で人を殺さなければいけない場面に遭遇《そうぐう》するはずよ」

アレナは力強く頷《うなず》いた。

「そうか、それはよかった」

ルウナは、自分の判断が間違っていなかったとわかり、ホッとする。そして、ここでようやく気を失ったセイルが、ロークに担《かつ》がれているのに気づいた。

「セイルだったな。なんであいつは仲間に担《かつ》がれているんだ？　何かヘマをして気絶したのか？」

ルウナは、やっぱりセイルが何かやらかしたのかと思い、具体的に何をしでかしたのか頭の中で想像しはじめる。

それに対し、アレナは苦笑をし……ラナとロークは苦い表情になる。

「そうね、私たちに被害があったわけではないのだけど……ヘマをしそうになったのかと聞かれれば、そうとしか言えないわね」

「いくらセイルが自分の実力に自信があったとしても、あれはパーティーのリーダーとして駄目な行為かと」

「ロークに同感ね。それと、実際にゼルート君と盗賊の頭《かしら》の戦いを見たから思えたことだけど、相手との力量の差を全くわかっていなかった」

多少意見は違うが、三人ともセイルが起こした行動が間違いだったという点に関しては同じだった。

パーティーメンバーからも非難の声を向けられている状況に、ルウナも苦笑する。

ミールはまだセイルがどんな行動を起こしたのか聞いていないので、どう反応すればいいのかわからず困惑している。

「あら、もう来たみたいね」

アレナの言葉に、ルウナたちも足音のする方向に顔を向ける。

目線の先には……盗賊の死体を焼き終えたゼルートがいた。

「よう、上手くいったみたいだな、ルウナ」

「ああ、見張りは大して強くなかったからな。そっちは……その顔を見るに、ちょっとは満足できたみたいだな」

少々不満そうな表情で返すルウナに、ゼルートは彼女が戦闘に関しては全く満足していないのがわかった。

「悪かったって。今度強そうな魔物を見つけたら譲るからさ」

それから他愛もない会話をしつつ、盗賊たちが溜《た》め込んでいた宝石やお金、武器などを一旦ゼルートのアイテムリングに入れてから、出口へと向かった。

そして、外で待っていたガンツと合流する。

「おう、お疲れ様。どうやら無事に終わったみたいだな」

「約一名は無事じゃなかったけど、だいたいは無事だ」

「ああーー……わかった、まずは救出と戦いの流れを聞こうか」

各自どういった手段を用いて盗賊を殺したのか、そして、どうやって捕まっていた人たちを救出したのか。

加えて、問題となっているセイルの独断行動を、一番客観的に証言できるであろうアレナが、ガンツに細かく伝えた。

その話を聞き終えたガンツは、大きなため息をついた。

「は〜〜〜〜〜、ったく。ドウガンのやつ、いったいどんな鍛《きた》え方をしたんだよ。熱くなりすぎたで済む話じゃないぞ。本当に、ゼルートたちが今回の昇格試験を受けてくれて助かったな」

「……どうだろうな？　だって、俺が参加したからこそ、セイルは単独で盗賊の頭《かしら》に挑んだわけだし」

「ん〜〜〜、確かにその可能性は否定できないな。ただ、普通に考えてアウトな行動だ。これが、ギルドからの指示で、複数のパーティーによる盗賊討伐とかだったら、ペナルティものだぞ」

ペナルティという言葉に、ロークたち三人はビクッと肩が震える。

ペナルティの内容は、罰金やランクの降格などがあるが、最悪の場合……冒険者の資格をはく奪される。

「安心しろ。今回に関しては特にペナルティはないはずだ。厳重注意はあるかもしれないけどな。それと、盗賊たちが溜《た》め込んでいたお宝の分配に関しては、自分たちで話し合ってくれ」

こうして、一旦ガンツ抜きの会話が始まる。六人は、ゼルートのアイテムリングの中に入っているお宝の内訳を思い出した。

「俺としては、やっぱりマジックアイテムが欲しいな。パッと見た感じ、そこまでいいのがあったわけじゃないが、それでも一番興味を引いたのがそれらだからな」

「私は……特にないわね。ゼルートがいるおかげで、生活に困ることもないし」

「私も同感だ。欲しいと思える武器もなく、今のままで十分に戦える」

ゼルート、アレナ、ルウナは各々そう言った。ゼルートは、ロークに顔を向ける。

「そんで、ロークたちは何が欲しいんだ？」

「い、いや。僕は何か貰《もら》おうとは思ってないよ。特にこれといった活躍をしてないからね」

「私も、今回の昇格試験で大きな結果を出せたわけじゃないし、遠慮しておくわ」

「わ、私もラナと同じで、役割を果たせていないので、貰《もら》えません」

ローク、ラナ、ミールは三人とも、戦利品の受け取りを拒否した。

確かに今回の試験は、ゼルートたちだけでも十分に達成できる内容だった。

（……まっ、三人が大した成果を上げていないのは事実なんだが……せっかく無事に盗賊団を討伐できたんだし、昇格は置いといて、報酬がないのは厳しいだろ）

だから、ゼルートは思いついたことをロークたちに伝える。

「そうだなあ……なら、今回の戦利品は儲《もう》けものだと思っておけ。三人とも、これから依頼を受けるのに、なにかと準備に金がかかるだろ。予備の剣や杖、短剣に防具にその他もろもろ……俺はそこそこ金持ってるから問題ないけど、お前らはそうじゃないだろ」

「「「……」」」

ゼルートの無意識な金持ち自慢に反応することなく、三人は少々暗い表情となる。

それは事実であり、セイルも含めて、四人はあまりお金に余裕がない。

田舎から出てきた彼らは、最近こそガンツに色々と教わって多少はまともな生活を送れるようになってきたが、それでも暮らしが楽とは言えなかった。

予備の武器や防具、そして換金すれば大金になる宝石は、できれば欲しいところだった。

「同じことを言うが、俺は別に武器にもお金にも困っていない。ただマジックアイテムには興味があるけどな。だから、お金とかに関しては適当に分けていいと思うんだが……それでいいか？」

確認するようにアレナとルウナに顔を向けるが、二人の返答は元々決まっていた。

「そうよ、この人はちょっと特別だから、本当に生活には困っていないの。だから遠慮する必要はないのよ」

「アレナの言う通りだな。もし、これから自分たちの力で大金を得たいなら、これを機にもっといい装備を買い、努力と経験を積むといい」

三人の言葉に、ロークたちは申し訳なさそうな表情になりながらも頷《うなず》いた。

「さて、話はまとまったみたいだな。昇格試験の結果は、ギルドに戻って少し上と話してから、お前らに伝える。細かく報告しなきゃならんので、少し時間がかかるが勘弁《かんべん》してくれ。そんでお前らが救出した人々のことなんだが……」

ガンツは頬《ほお》をかきつつ、バツが悪そうに眉《まゆ》をひそめる。

「どうやって移動させるかを悩んでいるのか」

気づいたゼルートが声を上げる。

「まっ、そういうことだ。お前が服を用意していてくれたからまだましだが……食料に関しては、俺がちょっと頑張《がんば》ればいいか」

ゼルートたちは盗賊討伐という試練を突破しているので、あまり苦労をさせたくないというのが、ガンツの本音だった。

だが、そんな彼の気持ちを汲《く》んだゼルートが、土魔法で全員が乗れる簡易トラックを生み出した。

「こいつは俺の魔力で動き、移動速度も十分だ。というか、今日のうちに街に辿《たど》り着ける」

実際に動くところを見せられた全員が、口をあんぐりと開けて固まってしまう。

「こ、これは……あれか、お前が考えた魔法か？」

ガンツがおそるおそる尋《たず》ねる。

「そういうことになるな。まだ俺以外に使っているのを見たことがないし……もしかしたら、今のところ俺だけが使える魔法かもな」

「はぁ～～～～……ゼルート、お前は本当に常識外れだな」

「なんだよ。乗るのが不安なら、ガンツは一人で歩いて帰るか？」

「いや、別に不安だなんて言ってないだろ！　俺も乗せてくれ!!」

ガンツもCランクの冒険者なので、ここからドーウルスまで一人で帰ることぐらい問題はない。

だが、一人だと何か問題が発生したときに対処が遅れる可能性があるので、やはりゼルートたちと一緒に帰りたかった。

それに、一番の理由は、ゼルートのアイテムバッグの中に入っている温かい飯と酒が欲しかったからだ。

その日はその場で野営を行い、全員が英気を養って、翌日ドーウルスへ戻ることにする。

そして、全員で夕食を食べ終えた後——ようやく馬鹿一直線イノシシのセイルが目を覚ました。

「ん……ぐっ、ここはどこ、だ……はっ!!　そうだ、盗賊のリーダーは、俺が倒すんだ！！！」

起き上がったのはいいが、セイルの頭の中はまだボーランとの戦いの最中らしく、アホな発言をしている。

「なにアホなこと言ってんだ、猪突猛進《ちょとつもうしん》の馬鹿男」

そう言ったゼルートは、威力を下げたブレットをセイルに飛ばす。

ただ、威力が低いとはいっても殺傷能力がないだけで、当たればそこそこの痛みはある。

「がっ！　って〜〜〜〜!!　い、いきなり何をするんだ!!　俺はまだ戦える、これから……」

「盗賊のリーダーなら既に俺が倒した。それに、捕まっていた人たちも救出した。つまり、もう試験はほとんど終わったようなものだ、ド阿呆《あほう》」

「な、なんだと！！！」

セイル自身も周囲の様子からして何かがおかしいとは思っていたが、その違和感が正しいことがわかった。

自分が盗賊のリーダーを倒せなかったことや、代わりにゼルートが倒したことへの逆恨《さかうら》みをこめた視線を、ゼルートに向けた。

「ふっ、ふざけるなよッ！！！　あいつは俺が倒すはずだったんだ!!　お前に気絶させられなければ……俺は！！！」

セイルはゼルートの胸倉を掴んだ。

この光景に、助け出された人々は何が起こっているのかさっぱりわからず、ポカーンとしている。

ミールもあまり状況がわかっていないため、止めた方がいいのか……それとも止めない方がいいのか、判断がつかずオロオロしている。

ロークは、セイルが到底敵《かな》う相手ではないとわかっているので、せめて大きな怪《け》我《が》だけは負わないでほしいと願う。

ラナも、セイルがゼルートと戦って勝てる確率などゼロだと思っている。

それと……ラナはロークと違って、セイルのことは心配しておらず、むしろ、このあたりで一度ゼルートにボコボコにされれば目が覚めるのではと思っていた。

（こいつは……あれだな、正真正銘のアホバカ野郎というやつか）

ルウナは、なぜセイルがゼルートとの実力差を理解できないのか、本当に不思議でならない。

（こういう反抗心？　みたいな感情を持つのは、ルーキーにありがちだけど……ここまでくると少し病気かしら？）

アレナは、Aランクだった頃の自分に喧嘩《けんか》を吹っかけてきた連中を思い出し、仕方ないのかもしれないが……やはり少々頭がおかしいのではという結論に至る。

ちなみに、アレナに喧嘩《けんか》を売った面々は、全員自信やプライドをバキバキに折られていた。

「お前が自分の得物を飛ばされて、素手の状態にもかかわらず、相手に突っ込もうとしていたら、無理矢理にでも止めるに決まってるだろ。そもそも、相手がマジックアイテムの大剣を使っていた上に、基礎能力にもそこそこ差があったから、お前が勝てる可能性はほとんどゼロだったんだよ」

ステータスが全てだとは思わない。技がレベル差を覆《くつがえ》すこともあるだろう。

ただ、今のセイルとボーランでは……文字通り話にならない。

元々セイルには対人戦の経験がそこまでない。本気の殺し合いなど今回が初めてだ。

そういった部分でも、セイルがボーランに勝てる要素はない。

「そんなの……そんなのっ、やってみなきゃわからないだろ！！　それを、お前は……ぁ……」

ゼルートの正論に対し、反論を試みたセイルだが、急に倒れ、そのまま寝てしまった。

「ったく、若いから元気がいいのはしょうがねえけど、さすがにこれは駄目だわ。は〜〜〜〜……試験監督なんてやるんじゃなかったぜ。まさか睡眠針《すいみんばり》を使うなんてな。くそっ、使い捨てのマジックアイテムなのに、割と高いんだぞ、これ」

ブツブツと文句を言いながらセイルを抱えるガンツに、ゼルートは呆《あき》れた様子で声をかける。

「それならわざわざ使わなきゃよかっただろ。俺には相手も無傷……いや、完全に無傷ではないが、簡単に気絶させることぐらいできるぞ」

それは事実だが、ガンツは仮にも試験監督である。

「試験監督の俺が、今みたいな状況を放っておいていいわけがないだろうが。まあ、とりあえず街に帰るまでは、こいつには大人しく眠っていてもらう。そういえばゼルート、街には一日で着くんだったよな」

「そうだ。一日で着くと思うぞ……ああ、それについて何か考えがあるのか」

「そういうことだ」

「は～～～……わかった。とりあえず今日は寝る。後日教えてくれ」

「おう。んじゃ、ゆっくり寝てくれ」

ゼルートたちはガンツの言葉に従い、テントの中に入って朝までぐっすりと寝た。

（とりあえず、帰ったら俺とセイルが決闘をして、あいつらに実力差をわからせるってのが、ガンツの考えだろうな）

眠りに落ちる前、ゼルートはそう予想した。

翌日、ゼルートたちは朝食を食べ終えると、トラックに乗り込んで出発した。

トラックの速度は、貴族が使用する馬の二倍ほどの速さなので、昼過ぎには確実にドーウルスへ着く。

もっと速く移動することも可能だが、他の同業者や貴族や商人とすれ違うこともあるため、あまり速い速度は出さないようにしている。

実際にトラックに乗った者たちの感想は……マジで速いの一言だった。

（自分は動いていないのに、周りの景色がコロコロと変わる……元冒険者だったアレナも驚く光景みたいだな）

実は、ゼルートたち三人の方が速く走れるのだが、それとはまた感覚が違う。

ちなみに、セイルは先日の疲労もあって、いまだに寝ている。

そして四時間ほどが経ち、ようやくドーウルスが見えてきた。

「ゼルート、そろそろ街に着くからここで降りるぞ」

「了解、それじゃ、停めるぞ」

ゼルートはゆっくりとスピードを落とし、トラックを停めてその場で消した。

それからまっすぐ門へと向かい、列に並んで衛兵の審査を受けるのだが……ガンツの表情には少々不満の色が浮かんでいた。

「にしても……今回はかなり楽だったな。ただ……その分、次の依頼から、道中での不満を感じることが多くなるだろうな」

ガンツとしては真面目《まじめ》に不安に思うことだ。

「なんでそんな……あ〜〜、なるほどな。確かに野営で温かい飯が食えて酒も飲めて……なんてことはできなくなる」

「そうだ!!　というか、お前はもう少し自分が持っているアイテムバッグの価値を考えろよ!!」

「それはわかってるよ……一応対策はしてるし、問題ないって」

軽い表情で答えるゼルートに、ガンツは別の不安が生まれていた。

「普通のアイテムバッグやリングはな、中に入れたものの時間が止まったりはしないんだよ。どんなに腕の優《すぐ》れた錬金術師が作ったとしても、せいぜい一週間くらい時を止めるか、時間の流れを五分の一に抑えるとかしかできないんだ」

ガンツの言葉は事実であり、基本的に人の手で作られるアイテムバッグやリングに関しては、その程度の効果しか付与ができない。

「お前が持っているアイテムバッグは、攻略難易度が高いダンジョンの宝箱からでもなかなか手に入らない、超超超レアなアイテムバッグなんだよ。お前が持っているものと同等のアイテムバッグを持ってるやつなんて、この世に片手の指で足りる程度しかいないぞ。価値は中に入る量にもよるが……とりあえず、そこまでレアなアイテムバッグを持ってるって、もう少し自覚しろよ」

「わかったわかった、わかったから顔が近いっつの」

ガンツからの説明に、ゼルートは適当にウンウンと頷《うなず》く。

（あ〜〜〜〜、こりゃ自分で作ったなんて絶対に言えないな）

　ようやくゼルートたちの番になると、衛兵マッルスがゼルートに話しかけてきた。

「やあ、ゼルート君。Dランク昇格試験お疲れ様。Dランクにはなれそうかい？」

「とりあえず盗賊のリーダーを倒せたし、失敗もしていないから、落ちるってことはないと思うな」

「そうかい、それなら問題なく合格だと思うよ。っと、そういえば、一緒に行動していた従魔たちはどうしたんだい？」

　マッルスは、ゼルートが三体の従魔を連れていることを知っているので、今回一緒に行動していないことを疑問に思った。

　そして、従魔が問題を起こした場合は、その責任を主《あるじ》が背負うことになるので……そこを心配してもいた。

「ああ、俺の従魔はみんなちょっと好戦的だから、強いやつを探しに旅に出てるんだよ。それに、頭もいいから騒ぎを起こしたりしない」

「そ、そうかい。それならいいんだけど……とりあえずお疲れ様。今日は一日ゆっくり休みなよ」

「そうさせてもらうよ」

　ギルドカードの確認が終わり、ゼルートたちは盗賊に捕まっていた人たちとはここで別れ、一旦全員でギルドに向かう。ガンツは受付嬢に依頼は無事に終わったと報告を行う。

「試験の結果発表は明日だ。本来ならそれだけで終わるんだが……そうはいかないのは、お前らもわかってるよな」

ガンツの問いに、ゼルートたちはみんな苦笑いをする。

「そういうわけで、ゼルート。お前には迷惑をかけることになるけどいいか？」

「こいつと決闘して、実力の差をわからせるって感じだろ」

指をさされたセイルはいまだに夢の中だった。

「ああ、それが一番手っ取り早いからな。セイルには俺から話しておくから、今日はゆっくり休んでくれ。それと、明日は十二時にギルドに来てくれ。くれぐれも遅れるなよ」

その後、ガンツはギルドのお偉いさんたちと今回の結果について話し合うため、ギルドの奥へと向かった。

（実力の差をわからせる……一方的にボコボコにするだけで納得させる……普通はそうだが、セイルの場合はそれで終わりそうにない気がするし……宿に戻ったら、アレナに訊《き》いてみるか）

宿に戻ったゼルートたち三人は、夕食までだらだらと過ごすことに決めた。

その間に、ゼルートはアレナに決闘についてのアドバイスを求める。

「なあ、アレナ。セイルとの決闘についてなんだけどさ、どんな風に勝てばいいと思う？」

唐突な質問に対し、即答はできないアレナ。しかし、少々悩んでからゼルートの問いに答える。

「圧倒的な強さで勝つのも一つの手ではあるのだけど……私としては、低レベルの剣術スキルの技や、魔法で勝つのがお勧めね。ゼルートならそんな条件でも問題なく勝てるでしょ」

「そりゃあ、なあ……俺とセイルのレベルの差を考えたら当然だろ」

アレナの返しに、ゼルートは当然といった様子で答える。

だが、それを聞いていたルウナが口を開いた。

「なぜ、ただ圧倒的な力を見せつけて倒すのでは駄目なのだ？　わざわざそんな面倒な真似《まね》をしなくてもいいと思うが」

「それだとセイル君のためにならないのよね。ガンツさんの『迷惑をかける』って言葉には、そういった感じで倒してくれという意味も含まれているはずよ」

今回の一件では問題児のように見えるセイルだが、ギルドでは将来を期待できるルーキーと認識されている。

だから、ギルドとしては、セイルがゼルートとの圧倒的すぎる力の差に呑《の》まれ、冒険者の道を諦《あきら》めるような結果にはなってほしくないのだ。

「もし、セイル君がゼルートと同レベルぐらいの力を持っていたら話は別だけれど、実際は離れすぎていて、本当に話にならないわ。だから、高レベルのスキル技や魔法で勝っても、自分は努力の差ではなく、才能の差で勝てなかったんだと思ってしまう。それって、この先の人生において、悪い意味で都合のいい言い訳になってしまうでしょ」

本当のところ、ゼルートとセイルでは剣術にしても魔法にしても、才能に差があるのは間違いない。

ただ、ゼルートはアレナが何を言いたいのか理解できた。

「なるほどな。心がぽっきりと折れただけじゃ意味がなく、俺との実力差が身に染みてわかった上で、あの反発心が残っていないと駄目ってことか」

「そんなところね。師匠であるドウガンって人に対しても……まだ若いんだし、思い込みが激しいところがあるんでしょうね。あの子の中では師匠が一番なんだろうし」

ルウナはアレナの説明に納得し、満足そうな顔になっていた。

「よし、明日の話は纏《まと》まった。てか……もう結構日が落ちてきたな。アレナ、ルウナ、下におりて晩飯を食べようぜ」

「そうね、いい具合にお腹が空いてきたわ」

「私もだ。今日はファングボアの肉が食べたい気分だな」

空いた腹を満たすために三人は食堂に向かい、夕食をがっつり食べた。

そして翌日、ガンツに言われた通り、ゼルートたちは十二時に着くようにギルドの訓練場へと向かう。

ギルドの中に入ってくるゼルートたちを見つけたイルーネが速足で駆け寄ってきた。

「ゼルート君！　これからセイル君と決闘するって聞いたんだけど、昇格試験中に何かあったの」

自身の悪い予感が的中したと思い、イルーネは内心焦《あせ》りまくっていた。

「あ〜〜……何かあったのかと訊《き》かれたら……何かあったとしか言えないですね。でも安心してください。別に殴《なぐ》り合いの喧嘩《けんか》に発展したわけじゃないんで」

「既に決闘を行うという事態に発展しているから、安心はできないのだけれど……とりあえず、ゼルート君はあまり本気を出しすぎないようにしてくださいね」

イルーネも、ゼルートの実力が完全にルーキー離れしており、上級者レベルの実力があるとわかっている。だからこそ、今回の決闘は心配なのだ。

「セイル君相手にゼルート君が本気を出したら、セイル君が死んでしまうかもしれないので、本当に気をつけてくださいね」

決闘とは、両者の意地やプライドのぶつかり合いである。

ゆえに……大体の決闘では通常、両者手加減をせずに戦う。

ただ、ゼルートはセイルに対して、そこまでの怒りはない。

セイルがおバカな発言をした瞬間はイライラのゲージが高まっていたが、昇格試験が終わった今は、そのイライラもなくなっている。

「大丈夫ですよ、しっかり手加減しますから」

そう言ってゼルートは、訓練場に速足で向かう。

ちなみに、受付嬢の中でも冒険者たちからかなり人気の高いイルーネと話しているゼルートには、多くの嫉妬《しっと》の視線が向けられていた。

だが、ゼルートの頭の中には、既にセイルとの決闘のことしかなかった。

訓練場に入ると、昨日のうちにゼルートとセイルが決闘を行うという話が広まっていたのだろう、多くの冒険者がやってきていた。

（……よく見れば一般人までいるな。確か、こういった決闘は一般人も賭《か》けるんだったか？）

ゼルートの考えている通り、一般人は冒険者の決闘が見られて、賭《か》け事もできるという楽しみを得るためにやってきていた。

ゼルートが訓練場に姿を見せると、冒険者たちから多くの声をかけられた。

（冒険者は、こういったイベントでは、絶対にギャンブルをするのかもな）

声援の中には、ゼルートに昨日の稼ぎを全て賭《か》けるというものも含まれており、ドウガン戦以上に熱いエールが多い。

なお、ゼルートの実力は、全ての冒険者に知られているわけではない。セイルがドウガンの弟子だと知っている冒険者や一般人は、セイルの勝利に賭《か》けている。

一方、真実を知っている冒険者たちは、知らない者には伝えず、心の中でニヤニヤと笑っている。

（さて、とりあえずセイルは長剣を使うから、ひとまず俺も剣で対処しよう。しばらく戦っていればあの技を……火炎斬りだったか？　その技を放ってくるだろうから、それをかる〜く避けるか防ぐ……もしくは弾き返すかのどれかで対処する。その後は、ただの身体能力だけで押し切れば……アレナが教えてくれた通りに勝てそうだな）

決闘の勝ち方を頭の中で纏《まと》めていると、ようやくセイルの前に辿《たど》り着いた。

そして会って早々、セイルはゼルートに挑発の言葉を投げる。

「ふんっ、よく来たな。てっきり来ないかと思ったぜ。負けるのが怖かったら、今のうちに尻尾《しっぽ》を巻いて逃げてもいいんだぜ」

セイルにはまだまだ自分の実力に対する自信があるのか、強気なセリフを吐《は》く。

だがゼルートからすれば、今のセイルはカッコ悪すぎて、もはやギャグにしか見えなかった。

周囲の冒険者に紛《まぎ》れてその言葉を聞いていたアレナとルウナは、大声を出して笑わないように、手で口を塞《ふさ》いで、笑いを堪《こら》えるのに必死だった。

「……お前、そうやってカッコつけてる今の自分がカッコイイと、真面目《まじめ》に思ってるのか？　はっきり言うけど、物凄《ものすご》くカッコ悪いからな。もう……なんか、物語に出てくるようなチンピラだ」

「な、なんだとッ！！！」

ゼルートの言葉を聞いた冒険者たちの口から、小さな笑い声が零《こぼ》れはじめる。

「それに、負けるのが怖いなら尻尾《しっぽ》巻いて逃げてもいいって言われてもなあ……それはこっちのセリフだって話だ。お前みたいな大した実力もないEランクの冒険者が、俺に勝てるわけないだろ」

同じEランクの冒険者だが、その圧倒的なまでの強者よりの発言に、冒険者たちのテンションが高まる。

「逆にこっちから言わせてもらうぞ。俺にボロカスに倒されてボロ雑巾《ぞうきん》になって無様《ぶざま》に負ける前に、調子に乗りすぎてすみませんでしたって言えたら、許してやってもいいぞ」

ゼルートから挑発的な発言を投げかけられたセイルは、顔を真っ赤にした。

「ふ、ふざけるな!!　俺がお前みたいな才能に胡坐《あぐら》をかいているやつに負けるはずがないだろ！！！」

ゼルートは内心ため息をついた。

(は〜〜〜、そういう風に思っていたのか。よっぽど自分が積み重ねてきた努力に自信があるのか……でも、その割には、ボーランとの戦いでは卓越した技術なんてものは見られなかったけど……)

ボーランとの戦いを間近で見ていたゼルートとしては、セイルがそこまで努力をしているようには思えない。

「おい。二人ともこれから決闘を始めるんだ。無駄なおしゃべりはそこまでにしておけ。相手に何か言いたいことがあるなら、この決闘に勝ってから胸を張って言え」

立ち会い人であるガンツの言葉を聞いて、ゼルートは即座に沈黙、セイルもまだ何かを言いたげな表情だが、言われた通り口を閉じる。

「よし、お互いに準備はできてるな。これからゼルートとセイルの決闘を始める。勝敗の結果は俺が判断する。それじゃ、二人とも……悔いが残らないように戦え」

最後の言葉は、セイルに向けられていた。

ガンツも、セイルが万が一にも勝てる確率はゼロだとわかっているのだ。

（……俺が全力を出したら、セイルどころかギルドが……街の一部が消えるだろうな）

「それでは……はじめ！！！」

ガンツの腕が振り下ろされたと同時に決闘は始まり、セイルは先手必勝とばかりに攻め込む。

「はぁぁああああああッ！！！！」

いい感じのスタートダッシュ、勢いに乗って上段から振り下ろす長剣。

ここ最近で一番いい流れの一撃に、セイルはボーランと戦ったとき以上のものが出せたと感じた。

さらに、この一撃で決闘が終わるとすら思えた。

だが、現実はそう甘くない。

「おいおい、まさかこれが全力ってわけじゃないよな。だったら拍子抜けもいいところだ」

ゼルートは片手で持った長剣で、セイルの渾身《こんしん》の一撃を受け止めた。

両手持ちと片手持ちでは、加わる力に差が出る。この時点で、『お前は俺より下だ』と言われた気がしたセイルの頬《ほお》は、激情で赤く染まる。

ゼルートは口の端を吊り上げ、ニヤッと笑いながら言葉を続ける。

「攻撃の手を休めてる暇があるのか。俺に勝ちたかったら、死に物狂いでかかってこいよ、ド三流冒険者」

その言葉を皮切りに、セイルの猛攻が始まる。

始まったのだが……二人の決闘が始まってから約五分、決着はまだついていない。

「はあ、はあ、はあ、ぐう……くそッ！　まだだ！！！」

「……」

息を切らし、最初よりも剣速が遅くなってるセイル。

それに対し、汗一つかかずに余裕の表情を保っているゼルート。

もはや、どちらが優勢なのかは明白だった。

はじめ、ゼルートとセイルの実力差がわからない者たちは、攻め続けるセイルと、その攻撃を全て躱《かわ》すか受けるかしかないゼルートの戦いを見て盛り上がっていた。

だが、一分……二分も経てば、その違和感に気づきはじめる。

さらに、ゼルートは防御や回避の選択しかできないのではなく、ただ遊んでいるからこそ……その選択をしているのではないかと思いはじめる者も出てくる。

「まあ……あれね、本当に予想通りの戦いというか、決闘とすら呼べない戦い」

「そうだな……正直なところ、可哀《かわい》そうとすら思える。力の差は赤児と大人ほど離れている……なのに、セイルはそれをわかろうとしない」

「彼にとっては信じたくなく、理解したくない事実なのでしょうね。でも、自分の実力を過信している低ランクの冒険者には、こういった体験は必要といえば必要。そこから立ち直れるかは……本人次第だけれど」

「その考えには一理……いや、五理ぐらいあるな。中途半端な力を持って調子に乗っているやつほど早死にするだろう」

アレナとルウナ以外にも、決闘について話し合っている冒険者が多数いる。

意見は様々だった。

「冒険者になりたてのやつらなら、所詮《しょせん》はこの程度の試合だろう」「ドウガンに鍛《きた》えられているくせに弱すぎるんじゃないか」「もしかしてゼルートはわざと手を抜いているんじゃないか」などなど。

今も、セイルは滝のような汗を流しながら、果敢《かかん》に攻め続けているが……どの攻撃も掠《かす》りすらせずに防がれ、躱《かわ》されてしまう。

「はあ、はあ、ちっ！　ちょこまかと逃げ回りやがって……どうやら、逃げるだけしか能がないみたいだな！」

どう考えても、今のセイルが言うセリフではないのだが、彼のプライドがそんな言葉を無理矢理吐《は》き出させているのか……自分の方が優勢、絶対に勝つという姿勢が崩れていない。

勝気な態度を崩さずに挑発するセイルに対し、ゼルートは心底呆《あき》れていた。

（こいつ……本当に道化だな。全部自分の考え通りに、妄想《もうそう》通りに物事が動くと思っているのか……それとも、自分が認められない現実からは絶対に目を背ける性格なのか……自分の今の姿を第三者視点で見られたら、自分がどれだけ情けないのかわかるのかもな）

ルウナと同じく、いつまでも頭の中がお花畑なセイルが少々可哀《かわい》そうに思えてきたゼルートは、このしょうもない決闘を終わらせるため、動き出すことにした。

「お前、本当に馬鹿だな。俺がわざと攻撃をせずに防御と回避に徹していることに気づいてないんだろ」

「なっ、ふざけたことを言うな!!　嘘をつくならもっとましな嘘をつけ!!」

「嘘かどうかは、周りのギャラリーがお前をどんな目で見ているのかを確認すればわかるぞ」

セイルは、まさかと思い、周囲を見回した。

自分に向けられた視線の種類は様々だが、大半がセイルを見下《みくだ》すか嘲笑《ちょうしょう》するようなものばかり。

そんな中、ある視線に気づく。過去にセイルと同じく生意気な態度で自分より実力が上の者に突っかかり、返り討ちにされたことがある者が、憐《あわ》れむような目でセイルを見ていた。

そしてわかってしまった……自分の勝利に期待している者は、もはや誰一人としていないということを。

「ッ！　……くそっ、くそっ！　くそぉぉおおおおーーーーッ！！！」

セイルは知ってしまった事実に疲労が溜《た》まった顔が紅潮《こうちょう》し、ただただ私怨《しえん》を……負の感情をぶつけるように火炎斬りを放った。

「火炎斬り」

ゼルートはそんな攻撃に対してため息をつき、同じ技でセイルの攻撃を弾き返す。

ゼルートが放った火炎斬りとセイルが放った火炎斬り。両者が繰り出した技の内容は同じだが……あらゆる面で勝っているゼルートのそれは、セイルのものをいとも簡単に弾き飛ばした。

その勢いで弾かれたセイルの長剣は宙を舞い、後方へと飛んで地面に突き刺さった。

自分では絶対の自信を持っていた必殺技。憧《あこが》れている師匠の技をオマージュして習得した技だったが……全く同じ技をゼルートが繰り出し、競り負けたという事実を、セイルは理解できないでいた。

いいや、正確には理解しようとしていなかった。

「な、なんでお前が俺の、火炎斬りを……あれは、俺の必殺技なのに……なんで」

頭ではわかっている……わかっているのだが、心がその事実を認めようとしない。

だが、そんなセイルの心境などお構いなしに、ゼルートが無情な現実を……というよりも、当たり前の事実を伝える。

「お前さ～……自分が物語に出てくるような勇者や英雄だとでも思ってるのか？　そりゃ本当に勇者や英雄並みの実力があるなら、誰にも真似《まね》できない技や魔法が使えるかもしれないが、そうじゃないだろ」

その人物の祖先の実力や事情を考えれば、万が一という可能性はある。

だが、セイルの祖先は全員が一般人であり、過去に名を遺《のこ》した人物はいない。

「確かに、火の魔力を纏《まと》った斬撃ってのは、使い勝手がいいのかもしれないが、別に大して珍しい技じゃない。だから、お前と同じEランクの俺が同じ技を使えても、別におかしくないんだよ」

その言葉は正しく、セイルの実力は、同期の中で頭を一つか半分抜けている程度。

国中を見渡せば、セイルより強いEランクのルーキーや同じ技を使う者は多く存在する。

「お前は別に特別な存在ではなく、どこにでもいるEランクの冒険者だ。お前が本当に死に物狂いで毎日修行しているなら、もっと実力は上のはず……人の才能をどうこう言えるほど訓練はしてはないだろ」

次々に降りかかるゼルートの言葉に、セイルの心はボロボロに打ちのめされ、ライフはゼロの状態となった。

（……わかってる、わかってたよ）

頭のどこかではわかっていた。自分は目の前の同ランクの男よりも弱いと。

自分が勝てなかった相手に、ゼルートは怪我《けが》を負うことなく勝ったのだ。自分より強くて当たり前だ。

ただ……右も左もわからなかった自分たちに色々と教えてくれたドウガンがゼルートとの決闘で負けたことが、自分のことのように悔しかった。

昇格試験のときにボーランに一人で挑んだのは、自分がゼルートより先に盗賊の頭《かしら》を倒せば、ゼルートがドウガンに勝ったのはまぐれだという証明になると思ったからだ。

今もそうだ、自分を……自分たちを鍛《きた》えてくれた人は弱くないと証明したくて戦っている。

「わ……っ……る。でも……け……んだ」

「ん？」

「わかってるんだよそれぐらいッ！！！　でも、負けたくないんだよ！！！！　うおおおおおぉぉああああああああーーーーーッ！！！！！」

セイルは拳を力の限り握りしめ、大ぶりなテレフォンパンチでゼルートに攻めかかる。

その姿を見たゼルートは、思わずニヤッと笑った。

「なんだ、いい顔ができるじゃん。でも……今回は俺の勝ちだ」

全ての力が込められた一撃ではあったが、ゼルートに当たることはなく、逆にカウンターを貰《もら》ってしまった。

「が……はっ」

ゼルートの拳が鳩尾《みぞおち》に決まり、地面に倒れてしまう。

もう動けない状態だと確認したガンツが、ゼルートの勝利を告げた。

「勝負あり、勝者はゼルートだ！！！」

冒険者や一般人たちの口から漏れる言葉はやはり様々であり、ゼルートの圧倒的な強さを称《たた》える者、セイルの実力を見下《みくだ》す者、そして……最後まで諦《あきら》めなかったセイルの根性を褒める者もあった。

「お疲れ様、ゼルート。なかなかいい結果だったと思うわ」

「そうか。アレナがそう言うなら、上手くいったんだろうな」

自分に人を導く力があるかどうかなどわからないゼルートにとって、今回ガンツから頼まれたことは絶対に達成できると断言できるものではなかった。

だから、自分より人生経験……もとい、冒険者経験が豊富なアレナから合格の言葉を貰《もら》い、ホッとした。

その後、またまた気絶したセイルを除いて、ゼルートたち六人とガンツは別室に移動し、昇格試験の合否が言い渡された。

結果、ゼルートたち三人は無事に合格した。

三人とも何がよかったのか、何が悪かったのかを伝えられたのだが、悪い点はほとんどなかった。

だがガンツからは、今回ゼルートたちと一緒に野営を行《おこな》ったので、次に他の冒険者と野営をするときには絶対に不満を感じてしまうと、またも愚痴《ぐち》られてしまう。

（ガンツだってノリノリで温かい飯を食べて、ワインを飲んでただろ）

そう思ったゼルートだが、そこはあえてツッコまなかった。

また、盗賊たちが溜《た》め込んでいたお宝に関しては、ゼルートが多少の効果が付与されている剣と槍をいくつか、アレナは金貨を数枚、ルウナは魔法金属を選んだ。

残りは全てロークたちに渡すと決めて、ゼルートたちは速足で部屋から出ていった。

今回欲しいと思ったものは手に入ったので、ゼルートとしてはもう十分だった。

それはアレナとルウナも同じだが、ロークたちとしては、自分たちの活躍に比して多すぎると思っていたものの……ゼルートたちが部屋から出ていってしまい、結局残ったものは自分たちのものとなり、かなり懐《ふところ》に余裕ができたのも事実だった。


レストランで昼食を食べ終えたゼルートたちは、一旦宿に戻っていた。

「しかし……セイルはあそこから這《は》い上がれると思うか？」

ルウナの言葉に、ゼルートは最後に見たセイルの目を思い出しながら答える。

「最後に見たあいつの目は……濁《にご》っていなかった。上に行くのに必要がない感情が流れ落ちたって感じだった。大丈夫だろ」

試験の結果……ロークたち三人はDランクへと昇格したが、セイルは一旦保留という形となったのを、彼らも知っていた。

「そうか。まあ、這《は》い上がるのも、そのまま潰《つぶ》れるのも本人次第か」

「そういうことだ。よし、Dランクになったんだし、活動の幅が少しは広がるんだ。これからの予定でも考えようぜ」

「そうね、私としては……」

「私はできればこんな感じの依頼をだな……」

三人は夕食の時間になるまで、今後の活動の話で盛り上がった。

第二章　ゴブリン・オーク討伐依頼

セイルとゼルートが決闘を行《おこな》って数日が経った。

その間にゼルートたちはギルドのクエストを受けたり、盗賊たちから助けた子供たちの相手をしたり……ルウナとアレナに絡んできた冒険者を返り討ちにしたり、服以外を剥《は》ぎ取ってギルドの外に捨てたりと、平和な日々を送っていた。

だがこの日、それが突然崩れた。

「初めましてだな。私はバルス・マーレンだ。ドーウルスの領主をしている。よろしく頼む」

ゼルートたちの前にいるのは、大きな体躯《たいく》を持つ、白髪が少々交じった強面《こわもて》の男だった。

ゼルートたちは領主の邸宅に呼び出されていた。領主と正面から対峙しているゼルートは、内心ビビりまくっていた。

（やっべーーーーッ!!　ヤクザかよって言いたくなる顔だよ、この領主様。って、そうじゃなくて。俺なんかやらかしたか？　一対一の戦いでも男の尊厳をちょっとぶっ叩《たた》いたり、おちょくったりしてるだけで、別に反則的な行為はしてないし……街一番のお偉いさんに呼び出されるようなことは何もしていないと思うんだけど……）

一方、ルウナは元王族ということもあり、特に緊張した様子はない。

アレナも元Ａランク冒険者ゆえに、ルウナと同じく表情に緊張は見られない。

挨拶された相手に返答をしないのはまずいと思い、ゼルートは緊張しながらも口を開いた。

「ゼ、ゼルートです。こちらこそよろしくお願いします」

ゼルートが緊張しているのを察し、バルスは優しい言葉をかける。

「そう緊張することはないぞ。それに……お前はそうそう緊張するようなやつではないだろ。なあ、ゼルート・ゲインルートよ」

その言葉に、ゼルートの緊張は和《やわ》らぐどころか、さらに高まってしまう。

（なんで、俺の本名を知ってるんだ、よ……いや待てよ、領主様は貴族なわけだから、俺のことを知っていてもおかしくはない、のか）

ギルドマスターが知っているのであれば、貴族である領主がそれを知っていてもおかしくないという結論に至った。

（俺の本名を知っているということは……もちろんお披露目会《ひろめかい》でのあの話も知っているってわけだ）

ルウナとアレナの二人には、貴族の子息だと話してあるが、あの事件に関しては話していない。

ただ、二人ともゼルートのやんちゃな部分を知っているので、その貴族らしからぬところから半信半疑であった。しかしこうして、バルスの様子から彼が本当に貴族の子息なのだとわかり、少々驚いていた。

「ゼルート……あなた、本当に貴族の子息だったのね」

「いや、この前話しただろ！」

「そうだけど……やっぱりあなたの行動からして、ちょっと想像がつかないのよ」

「アレナに同意だな」

ルウナも深々と頷《うなず》いている。

（おいおいおい、なんだよその言い方は！　ちょっと傷つくじゃないか！　事実その通りだけどさ）

ゼルートも、自分が貴族の子息らしくないのはわかっているので、何も言い返せない。

「はっはっは!!　確かに娘たちの言う通りだな。私も、ゼルートと貴族の子たちの決闘を見たときは同じことを思った。まあ……なかなか爽快感がある決闘だったので、私は十分に楽しませてもらったがね」

「……ゼルート、どのような決闘をしたのだ？」

ルウナが純粋な表情で首を傾《かし》げながら、物凄《ものすご》く内容が気になると口に出さなくてもわかるような顔で尋《たず》ねた。

その問いに、ゼルートは頭を掻《か》きつつ、大事な部分だけを伝えることにした。

「あ〜〜〜……そうだな、別に大したことはしてないぞ。ただ単に、俺に喧嘩《けんか》を売ってきた貴族の子息のプライドを砕いただけだ。あと、相手の財産を全て貰《もら》うという賭《か》けもしていて、勝ったから、相手の家やその他諸々の財産を貰《もら》ったな」

「二つ目が思っていたよりも凄《すご》い……さすがゼルートだな」

「ルウナの言う通り、ね。ただ、凄《すご》いというか……ゼルート、あなた鬼ね。相手の貴族は家族全員落ちぶれコースに一直線じゃない」

二人の顔には当然驚きの表情が含まれているが……それは徐々に、ゼルートに喧嘩《けんか》を売った貴族への同情へと変わっていった。

（だって仕方がないだろ。あいつらが父さんや母さんの悪口を先に言ってきたんだし。というか、目の前で勝手に決闘が行われることになったのに止めなかった相手の親も大概だよな）

決闘が始まる前は、勝者が得られる賭《か》けの対象が各家の全財産だというのに、口を挟まなかった。だが、決闘が終わって結果がボロ負けだとわかったら、王に対して文句を言いはじめたのだ。

当時のことを思い出したゼルートは、改めてあの親たちは屑《くず》な性格をしているなと思った。

「まあ、あやつらはゼルートやその家族に向かって暴言を吐《は》いていたのだから、当然の結果と言えよう。私としては、あの場で即座に殴《なぐ》りかかろうとしなかったのを褒めたいぐらいだ」

貴族の子息とはいえ、当時はまだ七歳。理性が抑えきれない状況というのは多々存在する。

「おっと、本来の目的を忘れるところだった。お主に願いがあって呼んだのだ」

と、バルスは急に話を戻した。

（ほっ、お願いか……よかった。でも俺にお願いって……指名依頼な感じで頼むってことは、よっぽど重要な内容……なのか？）

心臓をドキドキさせながら、ゼルートは尋《たず》ねる。

「お願い……ですか。いったいそれは、どういった内容でしょうか」

「つい先日、兵士から、この街から東に八十キロ離れたところに、オークとゴブリンが合計二百匹以上集まっている集落があると報告を受けた」

バルスの言葉に、元Ａランク冒険者だったアレナの表情が強張《こわば》る。

「モンスターが二百体以上も……いや、そもそもゴブリンとオークが一緒にいるのも驚きだけど、二百以上もいるってことは……」

「娘が思っている通りだろう、オークキングかゴブリンキングのどちらかが……いや、両方が群れの長《おさ》である可能性がある」

その言葉に……ゼルートは小さく、本当に小さく口の端を吊り上げた。

（やっとマジで強いやつと戦えるな。昇格試験のときに戦った成長したスケイルグリズリーもなかなか強かったけど、所詮《しょせん》は元がＤランクだ。元々がＢランクの魔物には敵《かな》わないだろう）

ゼルートが戦った、成長したスケイルグリズリーは、確かに強敵に分類され、Ｃランクに片足を突っ込んだ状態だった。

だが、純粋な強さで言えば、Bランクのオークキングやゴブリンキングの方が上だ。

(それに、魔物の数が二百体以上もいるなら、きちんと群れを率いることができる存在――ゴブリンキングとオークキングの両方がいる可能性が高い。もしかしたらロードもいるか？　……うん、それはちょっとよくない状況だな。ただ二百体以上の数ともなれば、上位種も多いだろうな。というか、ゲイルたちのうち、誰かを呼んだ方がいいかもな。呼ぶとしたら……ゲイルが無難かな。他の二匹だと、色々と問題がありそうだし)

「……と、ゼルート！　ちょっと、ちゃんと聞いてるの？」

アレナに注意され、自分の世界に入っていたゼルートは我に返った。

「お、おう。すまん。色々と考え事をしていて聞いてなかった」

「まったく！　ゼルート、もしバルス様が寛容な方じゃなくて典型的な貴族だったら、不敬罪になってるわよ」

「だから謝ってるだろ」

ゼルートは確かに謝っているが、アレナにはそれが心からの謝罪ではないことぐらいわかっている。

「どうせ、ゴブリンとオークの群れにキングがいたら戦いたいな～、なんて思ってたんでしょ」

「うっ！　いや、そんなこと……ちょっとぐらいしか思ってないよ」

嘘だとバレていても否定しようかと思っていたが、つい本音が漏れてしまった。

すると、バルスは大きな声で笑い出す。

「はっはっはっはっはっは！！！　いやはや、さすがはガレンとレミアの息子だな、頼もしい限りだ」

「っ！　父さんと母さんを知っているんですか!?」

「ああ、もちろんだ。お前の両親は長い間、この街でパーティーを組んで活動していたからな」

変なところで聞かされた両親の意外な過去だった。

（マジか……そんなこと、父さんたちは教えてくれなかったから、結構な驚きだ）

ゼルートが初めて知った事実に驚いていると、アレナが唖然《あぜん》……というよりは、驚愕《きょうがく》した表情になっていた。

「ゼルート。あ、あなた……ガレンさんとレミアさんの、む、息子なの？」

「ん？　ああ、そうだよ。てか、アレナも父さんと母さんのことを知ってるのか？」

「え、ええ。というか、あなたの両親は、冒険者の間では結構有名なのよ」

それは、ゼルートにとって初耳だった。

（そうなのか。でも、二人ともＡランクの冒険者だったんだし、強烈な二つ名もあったし、そこそこ名が売れているのは当然だよな）

ゼルートも、そう考えるとむしろ当然だよなと思ってしまう。

「最初は、成長したスケイルグリズリーを倒したと言っても、まだＤランクになったばかりの冒険者に頼むのも気が引けていたのだが……二人の子供とわかれば遠慮する気持ちが薄れてしまった。

さて、今回のゴブリンとオークの群れの討伐作戦に参加してくれるか？」

その問いに、ゼルートは一切迷うことなく答えた。

「もちろん受けさせてもらいます。アレナとルウナもいいよな」

「ええ、もちろんよ。断る理由がないわ」

「私もだ。この前の昇格試験では強い魔物と戦えなかったが、今回は戦えそうだしな」

バトルジャンキー丸出しのルウナの返答に、ゼルートは苦笑する。

「本当に頼もしい限りだな。では、明日の十二時からギルドで説明会が行われるから、それに参加してくれ」

「わかりました」

ゼルートが答えた。

「それと、最後に……キング相手でも全く引く気はないか？」

バルスの最後の問いに、ゼルートは自信満々の笑みで返す。

「はい！　キング種は俺たちが絶対に倒すので、安心してください！！！」

「そうか、報告を楽しみに待っているよ」

これで話は終わりとなり、ゼルートたちはバルスの部屋から出て、堅苦しい空気から解放された。

「ふふ、あのときの常識外れな子が、随分と逞《たくま》しくなったものだ」

先程部屋から退出したゼルートの姿が、バルスの頭の中に浮かぶ。

「ギルドの報告書には、従魔として希少種のリザードマンと希少種のスライム、そして子供のドラゴンを連れていると書かれてあったな。まったくもって凄《すご》い子だ。だが、その分貴族たちに狙われやすいのは間違いないだろう。強いとはいえまだ十二歳だ。もしものことがあれば、私の権力を使ってでも守ってやらねば……いや」

そこでバルスは、ゼルートの過去を再び思い出す。

「もし馬鹿な貴族どもがゼルートにちょっかいを出せば……ゼルート本人が直接やり返すな」

そんな未来がそう遠くないうちにやってくる……かもしれない。

◇

バルスと会った日の夜、ゼルートは創造スキルで生み出した通信魔法を使い、ゲイルに連絡を取った。

まずはお互いに近況を話し、それからゼルートがバルスの依頼について説明した。

「――ってわけなんだが……どうだ、ゲイル。今回の依頼はお前でも満足できる内容だと思うんだが……参加するか？」

『もちろん参加させていただきます。ですが、ラルとラームは連れていかなくていいのですか？』

ゲイルの質問にゼルートは苦笑いをした。

「あ〜〜〜。ほら、あれだよ。ラルは属性持ちのドラゴンだから、捕まえようとするおバカさんが出てくるかもしれないし、ラームは見た目がただのスライムだから、連れていくのを却下されるかもしれないだろ」

『……なるほど、確かにそのようなことが起こらないとは言い切れませんね。わかりました。それでは明後日の朝八時に、ドーウルスの門から少し離れたところにいればよろしいでしょうか』

「そうだな、そんな感じで頼む。あと、そのときにアレナとルウナを紹介するから、俺のそばに二人の女性がいるってことを覚えておいてくれ」

『わかりました。それにしても、女の奴隷を二人も買うとは……やはりゼルート様も男なんですね』

急に、ゲイルが息子の成長を感じた父親のような反応をした。

「あ、アホか！　二人ともそういう関係じゃないっつーの。変なことを言うな」

ゼルートは慌《あわ》てて否定するが、その頬《ほお》はほんのり赤くなっている。

（いきなり何を言い出すんだこいつは）

だが、実際に二人の容姿とスタイルは、ゼルートのストライクゾーンに入っており、精神年齢が成人している彼としては、男としての本能が爆発しそうではある。

『そういうことにしておきましょう』

「ああ、そういうことにしておいてくれ」

こうしてやりとりは終わった。

しかし、ゲイルがいきなり投げてきた爆弾のせいで、ゼルートはなかなか寝つけないでいた。

（ったく、ゲイルのやつが変なことを言うから……。は～～～、別に二人とは恋人ってわけじゃないし、奴隷と主人って関係を利用してそういうのを強要するのは個人的に嫌だ。かといって、娼館に行く勇気はないし……あーーーーくそっ!!　寝れねえよ!!）

その夜、結局ゼルートは二時間ほど悶々《もんもん》とした。

そして翌日、ゴブリンとオークの群れの討伐に関する説明会に参加するため、ちょうどいい時間に着くようギルドへ向かっている。

「それにしても……ゼルートがガレンさんとレミアさんの息子だなんて、本当に意外というか」

アレナがまたもそんな感想を口にする。

「そうか？　あ、おっちゃん。ファットバードの焼き鳥五本ちょうだい」

街中《まちなか》の屋台で売られている焼き鳥をささっと買い、説明会が始まる前に腹を満たす。

「ええ、そうよ。確かに、ガレンさんとレミアさんも若い頃は結構やんちゃしてたって聞いてはいたわ。ただ、ゼルートの場合は、さすがにちょっとやりすぎと思ってしまうのよ」

アレナはそう述べる。

（へ～～、父さんはわかるけど、母さんもやんちゃしてたんだ。どの程度のやんちゃかは知らないが、確かに俺のあの一件に関してはやんちゃでは済まない内容か）

だが、ゼルートとしては全く後悔していない変則決闘だった。

「私としては、ゼルートの両親より、ゼルートがなぜランクに合わないほどのお金を持っているのかが不思議だ。おそらくだが、オークションの一件よりも前から相当な大金を持っていただろう」

「そうなの？　もしかして貴族との決闘で得たお金の大半はゼルートが持ってるの？」

ルウナの疑問に、アレナも反応した。

ゼルートは、一部だけ伏せて金を持っている理由を伝えることにする。

「決闘で勝ったときに得た財産は、全部家に置いてあるよ。今持ってるのは、ガキの頃街にたまに来る商人にポーションを売って稼いだり、冒険者になる前に盗賊たちのアジトから得たお宝を売ったりした分だ。でも、一番は……あるものをオークションで売って、それがアホみたいに高く売れたからだな。それがなかったら、アレナをゲス貴族から守ることはできなかったし」

「……ゼルート、あなた本当に多才ね」

改めてゼルートの凄《すご》さに驚かされるアレナだが、若干引いてもいた。

ルウナは、自分の主《あるじ》は本当に凄《すご》いのだと、ただただ感心している。

「普通の子供は……いえ、貴族の子供でも、商人に自作のポーションを売ったり、一人で盗賊団を壊滅させたりしないわよ」

「それは……そうだろうな。でも、あんまり細かいことは気にするな！」

　グーサインで返すゼルートだが、そんな軽い対応で済む話ではない。

「細かくないわよ！　例外、常識外れっていうのはわかっていたけど……色んなことに手を出してるのね……あれ、そういえばゼルートって、グレイスさんとコーネリアさんには会ったことがあるの？」

　アレナの口から出てきた二人の人物の名に、ゼルートは聞き覚えがあった。

「いいや、会ったことはないな。でも、父さんと母さんの仕事仲間だってのは聞いたことがある。もし、この街を拠点にして冒険者活動を続けているなら、今回の討伐依頼で会うかもしれないな」

　あり得るかもしれない未来を話していると、ようやくギルドに到着した。

　相変わらず同業者の視線が集まるゼルートのパーティーだが、それらを一切気にせず受付嬢に説明会が行われる場所を尋《たず》ねて、そこへ向かう。

　そして会場である会議室に入ると、既に大勢の冒険者たちが集まっていた。

　依頼が依頼なので、実力は完全にルーキーの域を超えている者ばかりだ。

「おい、なんなんだあのガキは。あんな綺麗《きれい》な女を二人も連れて……かなり調子に乗ってるみたいじゃねえか。ここは俺が一つ……」

「お、おい馬鹿、アホな真似《まね》をするな！」

「んだと！　それはどういう意味だ‼」

ゼルートに絡もうとした冒険者は、事情を知っている他の冒険者に止められた。

「あ〜〜、そうか。お前は確か最近はドーウルスから離れていたんだったな。なら仕方ねえか」

「なんだよ……あのガキが俺たちより強いってのか？」

男は冗談《じょうだん》で言ったつもりだったが、まさに正解だった。

「ああ、そうだ。なんというか……そこまで圧倒的な強さは今のところ見せてねえんだが、俺たちより強いのは確かだと思うぞ。あのガキに絡んだDランクやCランクの冒険者は、全員ボコボコにされてる」

同業者の言葉に、男は信じられないという表情になる。ただ、間違いなく真実だ。

「しかも、戦っているときは全く余裕な表情を崩さねえんだよ。まっ、俺はその強さのおかげで儲《もう》けさせてもらったけどな」

「……その話、マジか？　そんなに強いってことは……まさかBランクなのか？　Aランクってことはないよな」

「いや……ランクはDだ」

「嘘だろ!?　DやCランクの冒険者を簡単に倒すやつが、まだ子供で、Dランクって……というか、見た目からしてまだ冒険者になったばかりだろ……なんか、色々と詐欺《さぎ》じゃねぇか」

「そう思うのも仕方ねえ。ただ、とりあえず不用意に絡まない方が身のためって話だ。これはマジな話なんだが、絡んできたやつを倒したら、装備品や身につけているものを服以外全て剥《は》ぎ取って、放り出すんだよ」

　とんでもなく恐ろしい話ではあるが、これもまた事実であった。

「あ、悪魔だな」

「だから、間違ってもあいつらには絡むなよ」

「お、おう。わかったぜ」

　そんな話がそこかしこから聞こえてきたため、アレナは噂が広まる速さに驚くも、ゼルートが行《おこな》ってきたことのインパクトを思い出し、すぐに納得した。

「なかなか噂が広まるのが速いわね、ゼルート」

「俺としては別に絡んできてもよかったんだけど……いや、これから説明会が始まるし、絡まれなくてよかったか」

　空いている席に適当に座り、説明会が始まるまでのんびり待つ。

「普通はガラの悪い冒険者に絡まれている新人冒険者は可哀《かわい》そうだと思うのだけど、絡まれる相手がゼルートだと、絡んできた側の冒険者が可哀《かわい》そうだと思えるわ」

「絡んだ相手が羊かゴブリンかと思ったら、実はドラゴンだったというわけだな」

　アレナの言葉に、ルウナも頷《うなず》いた。

（ゴブリンの皮を被ったドラゴンみたいに言うなよ）

　相変わらずゼルートたちに視線が集まる中、四つの気配が会議室へと近づいてくる。

その気配に、ゼルートだけではなくアレナやルウナ、他の腕が立つ冒険者が反応した。

（気配は四つ……そのうちの二人は相当強そうだな。ただ、後の二人は……まあまあってところか？　もしかして、親子でパーティーを組んでるとかそんな感じかもな）

その四人が説明会開始のギリギリに現れた。

「おっと、どうやら俺たちが一番最後みたいだな」

「あなたが二日酔いになってたからでしょう」

「お母さんの言う通りよ、お父さん」

「父さんの唯一悪いところだよな」

両親に姉と弟、家族らしい四人が入ってきた瞬間、ゼルートの周りにいる冒険者たちが歓声を上げた。

（さっきの俺に向けられていた感情は置いておいても、少々重い空気が流れていたが……あの四人が入ってきてから、急にそれが霧散した。今回の依頼は、絶対に達成できるとか言ってるやつもいるぐらいだから、相当信頼されているのかもな）

四人のパーティー名は『魔導の戦斧』。Aランクパーティーであり……ゼルートの両親とかつてパーティーを組んでいたグレイスとコーネリアが在籍している。

そして、ゼルートはたまたま二人の娘と目が合った。

すると、特に悲鳴を上げたり後退《あとずさ》ることはなかったが、彼女の顔に驚愕《きょうがく》の色が浮かんでいた。

その様子を見て不審に思った弟は、姉に心配そうな表情を向けたあと、姉の視線の先にいる人物を見つけた。

（やっぱ……え、俺、特に何もしていないんだが）

弟は、姉に何かしたであろうゼルートに近づいてきた。

（はーーー、なんでこの世界にはこうも短気なやつが多いんだよ）

娘は確かにゼルートと目が合った瞬間に驚き、それが表情に出た。だがそれは、怯《おび》えたというわけではない。

（さてさて、どうしようか。マジで俺は何にもしてないからなあ……というか、もしかしてシスコンなのか？）

怒りの表情を浮かべて自分に向かってくる男子に対し、どう対処すればいいか悩む。

（にしても……なんであの女の子は、俺を見て驚いたんだ？　鑑定系のスキルを使われた感覚はないんだが……ちょっと覗《のぞ》かせてもらうか）

周囲に、そして本人にバレないように、ゼルートはこっそり鑑定眼を使用した。

（……へ〜〜〜、なるほどな。そりゃ、俺を見て驚いた顔になるのも納得だ）

スキルを持たずとも、他人や魔物の魔力に気づきやすい者はいる。

それは、魔法に精通した人物が多い。ゼルートは、そういった人々を警戒していた。なぜなら、自身の莫大な魔力量まで気づかれてしまうおそれがあるからだ——今回のように。

（ただの魔力感知じゃなくて魔力感知Ａ……ギフトで得た能力か）

基本的に他人の魔力の量はわからない。だが、彼女が持っているギフトほど優《すぐ》れた感知能力であれば、こちらが隠そうとしてもある程度はわかるのだ。

（そんでこっちに向かってきてる弟君なんだが……どうしようか？　とりあえず恥をかいてもらうのは決定なんだけど……そうだな、よし。ここはシンプルに、何もないところで転んでもらおう）

ゼルートは弟の足がちょうど地面に着く瞬間に、そこだけを氷魔法で凍《こお》らせた。

（弟君よ、盛大に転んで、周りを爆笑させてくれ）

弟は何も知らずに歩いてきて――

「おい、そこのお前！　今姉さんに何をしうわっ!!　――いってえええええええ！！！！」

転んだ。

（……ぶっ、ナ、ナイスだ弟君。見事な……本当に見事なこけっぷりだ。思いっきり地面に向かってキスしにいったな）

ゼルートは内心で爆笑していたが、ポーカーフェイスでギリギリ声に出して笑ってしまうのを堪《こら》えている。

隣の二人は爆笑こそしていないものの、口を手で塞《ふさ》いでいる。

そして周りの冒険者たちは……もれなく男女関係なしに爆笑していた。

（まっ、相手に掴みかかろうとして、何もないところでいきなり転んだら、そりゃ笑われるよな）

ゼルートが周囲を見渡すと、説明会の進行役であろう年配の冒険者と、男の子の家族も笑っていた。

彼の父親、グレイスなど腹を抱えて思いっきり笑っている。

ゼルートは、とりあえず転んだ男子に手を差し出し、心配そうに声をかける。

もちろん悪意を込めて。

「おいおい、いきなり何もないところで転んで地面にキスしたみたいだけど、大丈夫か？」

彼はゼルートの言葉でより頬《ほお》が赤くなってしまう。もはや完全にトマト状態だ。

男子は差し出されたゼルートの手を弾いて立ち上がる。

「だ、だだ、大丈夫に決まってるだろ。それに、ただ少し滑《すべ》っただけで転んではいない！！！」

彼がそんな低レベルな言い訳を口に出したが、周りの冒険者たちは心の中で思った。

それを転んだって言うんだよ、と。

ゼルートも心の中で同じくツッコミを入れた。

すると、後ろから男子の家族がやってきて、母親であるコーネリアが杖で彼の頭を殴《なぐ》った。

「ガっ!?　って～～～～。い、いきなり何をするんだよ、母さん!!」

「ダンがいきなり、そこの少年に掴みかかろうとするからです」

母親に正論を言われたダンは言葉を詰まらせるが、すぐに反撃に出る。

「で、でも、こいつと目が合った姉さんがいきなり固まって驚いた顔をしてたんだ！　こいつが何かやったとしか……」

「いい加減にしなさい！！！」

コーネリアが再度ダンを杖で叩《たた》いた。

「つだ〜〜〜〜！！！！　そ、その杖でポンポン頭を叩《たた》かないでくれよ！」

「ダンが、確証のない理由で無責任な行動を取るからです!!」

（うっわ〜〜〜〜……あれ、絶対に痛いだろうな。鑑定眼を使わなくてもわかる。あれ、絶対に打撃にも使える杖じゃん）

ゼルートの分析は正しく、コーネリアが持つ杖は打撃武器として使えるように作られている。

「おう、少年。うちの息子がいきなり突っかかろうとして悪かったな。まっ、突っかかる前に盛大に転んだけどな。はっはっは!!」

もう一度爆笑するグレイスの気持ちはわかるが、そんなに息子の傷を抉《えぐ》ってもいいのかと、ゼルートは思ってしまう。

「っと、自己紹介がまだだったな。俺はパーティー名、魔導の戦斧のリーダーであるグレイスだ。そんで、今息子を杖で殴《なぐ》ったのが俺の妻、コーネリアだ。その隣に立っているのが、娘のミルシェ。そして、そこで痛みに悶《もだ》えているのが息子のダンだ」

軽い自己紹介を受けている間、ゼルートは四人のことを観察していた。

（見たところ、ワイルドだけど人懐《ひとなつ》っこそうな顔をしているグレイスさんがタンクで、いかにも神官って格好をしているコーネリアさんが回復役。綺麗《きれい》な水色の長髪の女の子が魔法を使っての攻撃役。俺に突っかかってきた弟君が多分、役割的にはアタッカー……かな？）

　確かにバランスのいいパーティーだ。

「俺はゼルート。ランクはこの前Ｄになったばかりです」

　その名前を聞いた瞬間、グレイスとコーネリアは何かに気がつく。

「ゼルートって、お前さん、もしかして……」

　思わず口からガレンの名前が出そうになるが、ゼルートは手を出して、それは言うなと合図を送った。

　元Ａランクのアレナが知っていることから、自分の父親の名前を知っている冒険者は多いだろうと予測している。

　この場でバラされてしまうと、Ａランク冒険者の息子というレッテルがついて回る未来が容易に想像できた。それに、他にも色々と面倒なことが起こりそうである。

「……わかった。そうだな……説明会が終わった後は暇か？　少し話したいことがあるんだ」

「わかりました、楽しみにしてます」

　その後、冒険者たちは徐々に落ち着きを取り戻し、説明会が始まった。

　内容は難しいものではなく、偵察役のパーティー決めや、集落まで向かう道中の説明などが主だった。

その間……ゼルートは後方から延々と睨《にら》まれていた……ダン以外にも。

（……多分、ギルドに初めてやってきた日に絡んできたCランクの冒険者だろうな。弟君……ダンから向けられている視線とは、種類が違う。若干殺気が漏れてるしな。依頼に参加するくせに、何を馬鹿なことを考えているのやら……まっ、襲ってきたら試したい魔法があるし、それの実験台になってもらうとするか）

そして説明会が終わり、夜十時頃、住民のほとんどが寝静まった時間に、ゼルートはギルドの前に立っていた。

説明会が終わった後、この時間にギルドの前で待っていてほしいと、グレイスに伝えられていたのだ。

ちなみに、ルウナとアレナは連れてきていない。

「おう、待たせちまったみたいだな」

「ごめんなさい。この人がさっきまで酔っぱらってしまっていて」

「いや、大丈夫ですよ。自分もさっき着いたばかりなんで」

グレイスとコーネリアに、ゼルートは笑って答えた。

（うん、やっぱりなんか似合わない二人だよな。人懐《ひとなつ》っこい顔をしてるとはいえ巨漢の男と、どちらかと言えばかわいらしい顔をしている神官さん。はたから見ると、美女と野獣と言ってもおかし

くない気がする）

そんな風に考えるも、決して二人の持つ空気は決して嫌いではなかった。

「よし、それじゃあいいところを紹介するからついてきてくれ」

「わかりました」

グレイスとコーネリアに連れていかれた先は、洒落《しゃれ》た外装のバーだった。

（……なんて言うか、俺みたいな、外見がお子様なやつが来たら、場違いな気がするんだけど）

ゼルートがそういった心配をしていると、コーネリアが優しく声をかける。

「そんなに心配する必要はありませんよ。ここに来る人たちはギルドの酒場で飲んでいるような人たちとは違いますから」

「わ、わかりました」

ゼルートたちはカウンター席に座り、グレイスはすぐに酒を注文する。

「マスター、俺とコーネリアには軽いのを頼む。この子にはジュースを」

「わかった」

初老のマスターが渋《しぶ》い声で答えた。

（ここがバー、か……外装と同じで内装も洒落《しゃれ》てるな。でも、なんとなく落ち着く雰囲気《ふんいき》だ）

バーに来るのは初めてのゼルートだが、その雰囲気《ふんいき》は意外と好ましいものだった。

「ふ〜〜〜、相変わらずここの酒は美味《うま》いな」

「ええ、そうね。明日から大きな討伐に向かうのだから、本当はあまりお酒は飲むべきじゃないのに……ゼルート君の舌にも合っているかしら？」

「はい、その……ジュースなんですけど、ちょっと苦みがあって……でも、それが美味《おい》しく感じます」

　ゼルートの感想を聞いた初老のマスターは嬉しそうに小さく笑った。それを見て、グレイスも嬉しそうにしている。

「そうかそうか、それはよかった。にしても、お前がゼルートか……ガレンから貰《もら》った手紙で読んだ印象と結構違うな」

「……どんな感じだと思ってたんですか？」

　その質問に、コーネリアが苦笑いする。

「ガレンからの手紙は、子供たちのお披露目会《ひろめかい》での、ゼルート君の決闘の話が主だったんです」

「おう、生意気な貴族のガキどもを挑発して上手いこと決闘に持ち込んで、そいつらをボコボコにしたって書いてあったから、もっとなんつーか……荒れてる感じだと思ってたんだよ」

　なかなかの言い草である。

（あ〜〜、なるほど。その情報を知っての予想なら、そんな風に思われても仕方がないな）

　だが、実際はまだまだ幼さが残る十二歳の少年だった。

「にしても、俺としては読んでてスカッとしたな」

「え？　貴族の子になにか恨《うら》みでもあるんですか」

グレイスは酒を一口飲むと、苦虫を噛《か》み潰《つぶ》したような顔で話しはじめる。

「ああ、まあ……ちょっとな。ほら、俺とコーネリアは、お前の両親と同じくAランクだから、指名依頼で貴族の子息に稽古《けいこ》をつけることがあるんだよ。だが、大抵のガキどもはすぐに音《ね》を上げて、親にあることないこと吹き込む。そして依頼主と喧嘩《けんか》になる。まっ、バルス様の名前を出せば、大体は大人しくなるんだけどな」

グレイスが、手加減が少々苦手という原因もあるが、指導そのものに問題はない。

きちんと強くなるための指導を行《おこな》っている。

だが、温室育ちの坊ちゃんには耐え切れない場合が多く……途中で中止になるケースが多い。

「それと、お前は結構悪戯《いたずら》好きなんだな」

その言葉を聞き、さすがAランクだとゼルートは感じた。

(というか、俺が息子を転ばせたとわかっていて笑ってたのか？　それはちょっとひどい気が……いや、元はと言えば突っかかってきたあいつの自業自得か)

色々考えるが、ゼルートは開き直ることにした。

「なんだ、バレてたんですね。でも、俺は自分が悪いとは思っていませんよ」

「ええ、それはわかっていますよ。あの子は少し短気なところがありますからね。特に私やミルシェのことになると、周りが見えなくなるんですよ」

と、母親まで気にしていないようだった。

(おいおいおい、シスコンに加えてマザコンかよ)

まさかの事実に、ゼルートはダンに対して少々引いた。

「シスコンでマザコンって……かなり重症ですね」

「ん？　シスコンでマザコンってなんのことだ？　初めて聞くな」

つい口から漏れてしまった前世の言葉を、どう説明すればいいのか焦《あせ》り、適当な嘘をつく。

「えっと……あれですよ、母親のことが重度に好きな子供をマザコン、姉や妹のことが重度に好きな人をシスコンと呼ぶって、随分前に本に書いてあるのを見たんですよ」

とはいえ、説明そのものは嘘ではないので問題はないだろう、とゼルートは考えた。

「ぶっ、はっはっは!!　なるほどな、確かになんかしっくりくる言い方だな。ダンはコーネリアとミルシェのことが大好きだからなあ〜〜。でも、そのせいで、俺はあいつが将来結婚できるのか心配なんだよな」

まだ一回だけしか会っておらず、全く良好な関係ではないが、ゼルートもそこは心配に思った。

「そうですねえ……ダンに好きな人が現れれば、真っ当に生きられると思いますけど」

ゼルートはジュースを飲みながら、当分治らないだろうなと思っていた。

仮に好きな人が現れて恋人になったとしても、そのシスコンとマザコンなところを見られたら破局する可能性は十分にある。

「そういえばゼルートの隣にいた……」

「あの二人は……」

それからゼルートは、アレナとルウナがパーティーメンバーになった経緯を話し、続いて二人がゼルートの両親と一緒にパーティーを組んでいたときの笑い話などを話した。

ただ……中には笑いごとでは済まない話もいくつかあった。

そして、ゼルートは日を跨《また》ぐ前に宿へと戻り、速攻で寝間着に着替えてベッドにダイブした。


「ふーーーー」

翌日、いつもより早く起きてしまったゼルートは、今日からゴブリンとオークの群れの討伐だというのに、普段行《おこな》っているトレーニングを始めた。

(今日は朝の訓練をするつもりはなかったんだけどなあ。にしても……本当に鍛《きた》えた分だけ自分の力になっている感覚があるな。前世と比べて遥《はる》かに娯楽が少ないのはちょっとあれだが、頑張《がんば》りがはっきりわかるのはいいよな)

この世界ではレベルという概念により、訓練を行うよりも、魔物を倒すことを重視している者の方が多い。だが、圧倒的な才を持っていない者に関しては、自身を鍛《きた》え、なおかつ実戦経験を積む方がよっぽど自身のためになる。

(前世じゃ、長い期間努力し続けないと成果が出ないからな。……いや、それはこの世界でも同じ

か。単に、この世界の努力の方法が飽きないってのもあるな）

レベルが上がれば、おのずと自分が強くなったという実感が得られる。

もちろん、レベルによって得られる力が全てではない。技術の力で、レベル差による身体能力の差を埋めることはできる。

だが、その差が二倍三倍と増えれば、超一流と言える技術を持っていない限り、対抗することはできない。

（まあ……身体能力だけが高ければいいってものじゃないんだけどな）

ランクCからBの下位冒険者ならば、それで通じるかもしれないが、それ以上の冒険者として活動するのならば、技術も一流と言える領域に達していないといけない。

Sランクともなると、自分の得意分野に関しては超一流の技術を手にしている者がほとんどだ。

今後の人生で、必ずしもというわけではないが、そういった敵と戦う可能性もある。

それゆえに、ゼルートは身体能力に振り回されないように毎日鍛錬《たんれん》をしている。

ゼルートが鍛錬《たんれん》を終え、少し休憩《きゅうけい》しようとしていると、後ろから声がかかった。

「さっきまでの動きを見ると、あなたがどれだけの強さを持っているのかわかるわ。本当に、その歳でその強さは反則ね」

「アレナか……反則、ね。あながち間違っていないかもな。でも、アレナだってその歳でAランクになれる強さがあるんだから、同年代からすれば十分反則な強さなんじゃないか？」

からかうように言うゼルートだが、アレナは首を横に振りながら、そんなことはないと伝える。

「確かに多少は強いと思うけれど、反則と言われるほど強くないわ」

「――まだまだ強くなりたいだろ？」

真面目《まじめ》な声の問いに、アレナは目を瞑《つむ》り……どう伝えたらいいのか考える。

「そうね……正直、奴隷となったときは、私の人生はここで終わったんだと思ったわ。Aランクの冒険者とは言っても、所詮《しょせん》は女。男の冒険者ならば武官の貴族が買うことも多い。でも、女の冒険者の場合は、女は全て自分の性欲を満たす道具としか思っていないやつに買われるのがほとんどなのよ。それに……オークションにかけられるって知ったときは、本当に絶望したわ」

ここで、ゼルートに疑問が生まれた。

（んん？　オークションにかけられるのも、普通に奴隷館で買われるのも、大して変わらないと思うんだけど）

その二つにどのような差があるのか全くわからない。

「オークションで買われるのか、それとも奴隷館で買われるのかで、そんなに変わってくるのか？」

「ええ、かなり違ってくるわ。簡単に言えば、オークションの方が、奴隷館より何倍、十数倍もの貴族が来るのよ。その結果、ゲスな貴族も多く集まるのよ」

アレナは吐《は》き出すように、過去の苦い経験を思い出しながら答えた。

その苦い表情を見たゼルートは、あのオークションで自分と競り合った脂《あぶら》ぎった豚貴族を思い出した。

「俺と競り合っていた豚貴族との間に何かあったのか？」

アレナはゼルートの質問に目を見開くも、隠すことなく答える。

「鋭いわね。そうよ、ミーユ様の護衛の指名依頼をパーティーで受けたときに、ちょっと色々とあったの」

ゼルートは内心ため息をついた。

（色々、ねえ……どうせ無理矢理自分の女にしようとしたとか、そんなところか。というか、あの豚貴族の気色悪い顔からして、それ以外は考えられない）

そこでゼルートは、本当はちゃんと考えてから発言した方がよかったであろう言葉を……さらっと言ってしまった。

「なあ、アレナ。戻れるなら、前のパーティーに戻りたいか」

そう口にしてからゼルートはやってしまったと思い、どう言い訳すればいいか、アレナから目を逸《そ》らしつつ考えていると、クスッと小さく笑われた。

「そんなことはない……とは、完全に言い切れないわね。前のパーティーが恋しいという思いはある。でも、それ以上に、奴隷になった私を……地獄に落ちそうだった私を救ってくれたあなたの力になりたいという気持ちの方が、圧倒的に強いわ」

面と向かって感謝の心が宿る言葉を告げられたゼルートは頬《ほお》を赤くし、顔を逸《そ》らした。

「〜〜〜〜〜〜〜〜〜っ!!　そ、そういうことを正面から言うなよ。普通に恥ずかしいだろ。あ、あと……感謝はミーユさんにしとけよ。お前があの豚貴族に買われそうになるのをあの人が抵抗してたからこそ、俺は手を貸しただけなんだ。わかったか！」

「ふふ、わかったわ。そういうことにしておくわね」

ゼルートは少し大きな声で真剣に言ったつもりだったが、頬《ほお》がまだ赤いのもあって、軽く流されてしまった。

（……は〜〜〜〜、自分の強さには自信がついてきたつもりだったけど、こういう不意打ちみたいことを言われて顔を赤くするんだから……まだまだガキだな、俺は）

精神年齢は既に二十歳を超えているが、それでも女性に対する耐性はまだまだ中学生並みだった。

「そういえば、少し疑問に思っていたことがあるのだけど、訊《き》いてもいいかしら？」

「別にいいけど……どうしてそんな真剣なんだ？」

「ゼルートにとってはそこまで重要なことではないかもしれないけど、私としては訊《き》いておきたいのよ」

何を言われるのか、ゼルートには全く想像がつかない。

自分の中身に関してはまだ誰にも話していない。

ただ、アレナがそれに勘《かん》づいたのならば、素直に認めようと心に決める。

「ルウナは貴族、もしくは王族の子供なの？」

予想外の言葉に、ゼルートはなぜ気づいたのかと驚いた。

隠していたことへの罪悪感はない。ただ、なんでわかってしまったのかが気になって仕方がない。

（ルウナには悪いけど、貴族や王族らしいところは基本ないんだよな。自分の欲望に忠実だし、喋《しゃべ》り方も一切貴族っぽくないからな）

アレナはゼルートの気持ちを察し、その理由を説明する。

「理由は……簡単に言えば、勘《かん》よ」

答えが意外だったゼルートは、間抜けにも口をあんぐり開けてしまう。

「ふふ、そんな驚くことではないと思うわよ。私はあなたの奴隷になるまではAランクの冒険者だったのよ。依頼や指名依頼で貴族と会うことはそこそこあったの。だから、なんとなくわかるのよ」

人生経験。そういった点に関しては、たとえ精神年齢がゼルートの方が上であっても、敵《かな》わない部分だ。

「貴族にだって、変わった者もいる。でも、そんな人でもしっかりとした貴族の貫禄《かんろく》的なものを持っているのよ。だから、なんとなくルウナは貴族か王族の子供じゃないかって思ったの」

勘《かん》というよりは、冒険者として培《つちか》った感覚というべきものだろう。

その力に感心していると、アレナはゼルートをからかうように一言付け加える。

「でも、ゼルートからはそういった雰囲気《ふんいき》は感じられなかったわね」

「……それは悪かったな。ぶっちゃけ貴族らしい生活なんてほとんどしてなかったからな。昔は特訓か遊びの日々だったよ」

「そんなに怒らないでよ。少しからかっただけじゃない」

「怒ってないっての。ったく、そろそろ時間だし、ルウナを起こしてきてくれ」

「ふふ、わかったわ」

宿に戻っていくアレナを見ながら、ゼルートは大きくため息をつく。

「は〜〜〜〜……やっぱりああいう年上の女の人には敵《かな》わないな。別に何か騙《だま》されたとかじゃないけど、手のひらで踊《おど》らされている気がする」


そして時間は八時。朝食を済ませたゼルートたちは、街の門から少し離れた場所にいた。同じ依頼を受ける冒険者たちが少しずつ集まっている。しかし、グレイスたちはまだだった。

「お久しぶりです、ゼルート様」

声をかけられ、そちらに顔を向ける。約束通り、ゲイルが立っていた。

「おう、ゲイル。久しぶりだな！　元気にしていたか？」

「ええ、そこまで刺激のある日々ではないですが、ラームやラルもいるので退屈はしていません」

「そうか、それはなによりだ。っと、紹介がまだだったな」

振り返り、少々警戒しているアレナとルウナを紹介する。そして——

「はじめましてゲイル……でいいかしら？　私はアレナ、ゼルートの奴隷よ。一応これでも奴隷になる前はAランクの冒険者だったから、長剣と魔法に関してはそこそこ扱えるわ」

「次は私だな、名前はルウナ。アレナと同じくゼルートの奴隷だ。見てわかると思うが、狼の獣人だ。一応剣は使えるが、拳で戦う方が得意だ」

二人の自己紹介を聞いたゲイルは、満足そうな顔で頷《うなず》いた。

「ふむ、お二人ともなかなかの強さですね。それでゼルート様、どちらを妻にするのですか？　それともお二人ともですか？」

いきなりぶっこんだ質問を出してきたゲイルに、ゼルートはチョップをかます。

「アホっ！　なに馬鹿なことを言ってんだ！」

ゲイルはチョップを食らったところをさすりながら、言葉を続ける。

「ですが二人とも強さよし、見た目よし、そしておそらく性格よし。ゼルート様の妻になるのに文句なしかと思われますが」

真面目《まじめ》な顔で言っているから質《たち》が悪い。もちろん、悪気も一切ない。

だから、ゼルートも厳しく言うことができなかった。

そんな二人のやり取りを見ていたアレナとルウナも会話に加わる。

一人はからかい半分、本気半分で。もう一人は至って真面目《まじめ》な表情で。

「あら、もちろん、いつでも手を出してくれてもいいのよ」

「うむ、私も戦いの最中でなければ、いつでも構わないぞ」

ストレートに告げられた本人は顔を赤くし、周りに聞こえない程度の声を上げる。

「だーーーーーッ、頼むからそういうのをこんなところで言うな!!」

両耳から刺激の強い内容を告げられるのは、童貞のゼルートにはある意味辛《つら》い。

そんなゼルートの気持ちが少々落ち着いた頃に、グレイスたち――魔導の戦斧がやってきた。

「おう、ゼルート。昨日ぶりだな。今日は一緒の馬車らしいからよろしくな、って……おおぅ!? なかなか強そうなリザードマンだな。普通のリザードマンとは見た目が違うし……もしかして亜種か？」

長い間Aランク冒険者として活動を続けているグレイスは、本来ならなかなか出会うことがない魔物の亜種とも遭遇《そうぐう》したことが多い。

「でも、結構前に戦ったリザードマンの亜種とは違うしな……まさか希少種か!? いや～～～、やるじゃねえか、ゼルート！ こんなに強そうなリザードマンを従魔にしてるなんてよ」

「おはようございます、ゼルート君。昨日はよく眠れましたか？ あら……とても強そうなリザードマンですね。もしかして、ゼルート君の従魔ですか？ それならとても心強いですね」

グレイスとコーネリアはゼルートの従魔だとすぐに理解する。

「おはようゼルート君、でいいかな？ 今日からよろしくね。そういえば、お母さんからゼルート君も魔法を使うって聞いたけど本当？ 私も攻撃魔法を軸にして戦うタイプだから、よかったらどんな感じで魔法を使って戦うのか教えてもらってもいいかな？」

　コーネリアから色々聞いているらしきミルシェ。彼女は、ゼルートとゆっくり話してみたいという思いから、最初はゲイルが目に入っていなかった。

「えっ、なんでリザードマンが、ここに……それによく見ると、普通のリザードマンとは違う……あれ、従魔の首飾り。もしかしてゼルート君の従魔ってこと？　す、凄《すご》いね！　こんなに強そうなリザードマンを従魔にしてるなんて、本当に凄《すご》いよ!!　よかったらテイムの方法とかも時間があったら教えてくれないかな？」

　また、ゼルートのことを嫌っているダンも、ゲイルのことが目に入っていなかった。

「っげ！　本当に参加するのかよ、お前……おい！　俺はお前のことなんか一切信用していないからな!!　せいぜい敵に殺されないように後ろで怯《おび》えてろよ。って、なんでこんなところにリザードマンがいるんだよ!?　それに普通のリザードマンとは色も形も違う……クソっ！　なんでこんなときに……なんで父さんも母さんも姉さんも、武器を構えないんだよ!!」

　初めてゲイルを見た反応は四人とも違っていた。

（へ〜〜〜、さすがグレイスさんとコーネリアさんは動じていないな。それに、すぐ俺の従魔だって気づいたし。まっ、それは身につけている従魔の首飾りを見ればわかることか。ミルシェさんもそれに気づいた。というか、ミルシェさんが従魔に興味があるのが意外だな）

　ミルシェが従魔に興味を持つこと……もっと纏《まと》めて言えば、後衛職の人間が従魔に興味を持つことは、そこまで珍しくない。

ランクが上に行けば、接近戦もできる後衛職が増えるが、それでも接近戦の技術が遠距離戦の技術を上回ることはほとんどない。

だから、万が一のことを考えた場合に、自分の身を守ってくれる従魔がそばにいてくれると、安心感が増すのである。

(やっぱり呪文の詠唱中に守ってくれる存在が近くにいる方がいいよな。それで、ダンだが……こいつ、いつまで長剣を構えているんだ？　もしかして、こいつには従魔の首飾りが見えていないのか？　あっ、グレイスさんに頭を殴《なぐ》られた)

いつまでもゲイルに向かって長剣を構えているダンに、グレイスが拳骨を落とす。

もちろん本気の一撃ではないが、それでも軽く音が鳴る一撃であり、ダンはその痛みで構えていた長剣を落としてしまう。

(いったぞ～～～。ダンのやつ、少しのきっかけで一気に周りが見えなくなるタイプだな。大人になってグレイスさんのパーティーを抜けたら、すぐにやらかしそうだな)

一発殴《なぐ》られてもまだアホなことをほざいているダンに、グレイスはもう一発拳骨を落とす。

「悪いな、ゼルート。お前の従魔に剣を向けたりして。こいつは冒険者になってからそこまで年数は経ってなくてな。やっと中級冒険者の領域に片足を踏み入れたところなんだよ」

「なっ！　と、父さん！　俺はもう立派な中級の冒険者だ!!」

「バカを言うな。俺たちのパーティーから出れば、お前はペーペーと大して変わらないってことを忘れるな」

「う、うぐぐぐぐ……」

困った顔をしているグレイスと、反発したものの簡単に一蹴されてうなっているダンを見て、ゼルートは特に問題はないなと思って声をかける。

「まあ、いきなり魔物を見たらびっくりするのも無理はないんで、俺は気にしてませんよ。ゲイルも気にしてないだろ？」

「ええ、街の門のすぐ近くに魔物がいれば、普通は驚いてしまうものだと思うので、気にしていません」

ゲイルが流暢《りゅうちょう》に人の言葉を話すのに心底驚きながらも、グレイスとコーネリアは彼が完全に希少種だと断定した。

そして、そんな従魔が特に気にしていないとわかり、ホッとしたグレイスは、バシバシとダンの背中を叩《たた》く。だが……ゲイルはダンの態度に関して、全てを許したわけではなかった。

（自分に対しての態度は別に構わない。いや、従魔の首飾りを身につけている時点で普通は従魔とわかるものだが……そこは知能が低いということで話がつく。だが、ゼルート様に対する態度はいただけないな）

会話の様子から、出会ってからそこまで日数が経っていないことはわかる。

ゆえに、いきなり仲良くなるのには無理があるのもわかるが……ダンは主《あるじ》に完全に敵意を向け、侮辱《ぶじょく》するような態度は見逃せない。

（ある程度の実力者ならば、ゼルート様が隠している実力に勘《かん》づくことができると思うが……ふむ、どうやらまだまだ経験が足りない未熟者ということか。親が優秀な者であっても、子が優秀になるとは限らないといういい例だろう）

明らかに失礼な考えなので口にはしないが、今のところゲイルの中でダンは未熟者と認識された。

そして、ゴブリンとオークの群れの討伐に参加する冒険者たちが全員集まったため、いよいよ出発する。

「いやーーーー、まさか希少種のリザードマンを従魔にしていたとはマジで驚いたな。ゼルートは別にテイマーってわけじゃないんだろ」

この馬車にはゼルートたちとグレイスたちの計七人が乗っており、討伐前とは思えないほど賑《にぎ》やかな状態だった。

ちなみにゲイルは、自分は従魔だからという理由で、ゼルートたちが乗っている馬車に並走している。

基本的に冒険者は、『冒険者』という職業で一括《ひとくく》りにされているが、その中でも役割によって細かく分かれている。

戦士、タンク、剣士、盗賊、狩人、侍、魔法使い——テイマーもそのうちの一つだ。

そして、テイマーの戦闘スタイルは、従魔に戦闘を任せ、自身は弓や投擲《とうてき》で援護、もしくは補助魔法だ。

魔物を従魔にするには、ある程度その道の才能がないとできない。

それゆえか、テイマーとなった冒険者のほとんどは、戦闘を従魔に任せるようになり、自分自身を強くしようという思いがなくなっていく。

よって、ゼルートのように従魔とともに行動していながら、自分自身を鍛《きた》えていて、なおかつ接近戦を行う冒険者は、非常に珍しいのだ。

「お父さんの言う通りです。なので、よかったらどうやってゲイルさんを従魔にしたのか、教えてくれませんか！」

「うん、それは私も気になっていた。あのような高い実力を持つリザードマンを、どうやってテイムしたんだ？」

興味津々なミルシェとルウナに迫られ、ゼルートはどう説明するべきか悩む。

（……真実を話すべきか？　グレイスさんたちは俺がある程度の実力を持っているって信じてくれてるんだし、ちょっとだけ弄《いじ》って話せば問題ないよな。というか、ミルシェさんは俺に興味を持っている？　でも、ダン……だからって、俺に嫉妬《しっと》のこもった目を向けてくるなよ、鬱陶《うっとう》しい）

考えた結果、年齢の部分だけ弄《いじ》って伝えることに決めた。

「家からそこそこ離れたところに鉱山があったんです。そこで俺は、魔物を狩りながら探検していたんですけど、十歳のある日、あいつの仲間であるリザードマンを倒していると、その直後にあいつに見つかって、一対一の決闘みたいな形になりました」

　ゼルートは、あの日首筋に向けられた殺気の感覚を今でも覚えている。

「戦っている最中に、俺が『次の一撃で先に相手の急所に刃を当てたら勝ち』ってルールに変え、俺が勝ったら従魔になってもらうって条件をつけたら、向こうが了承してくれたんです。そしてその勝負には俺が勝って、ゲイルは俺の従魔になってくれました」

　話を聞き終えると、みんなそれぞれ、なるほどと納得した顔になる。

　約一名を除いて。

　アレナとルウナ、グレイスとコーネリアは、ゼルートが見た目からは考えられないほどの実力を持っていることを知っているので、そんな戦い方もあるのかと満足そうだった。

　ミルシェは、魔物をテイムするにはその魔物と勝負をして勝たなければならないと勘違《かんちが》いしたらしく、実際に戦う際にはどうやって動けばいいのかブツブツと呟《つぶや》きはじめる。

　そんな彼女を見たゼルートは、やってしまったと、苦笑いする。

（あれ、魔物を自分の従魔にするには、絶対に戦って勝たなければならないって考えてるよな。少しミスったなあ……勘違《かんちが》いされたまま危ない橋を渡られても困るから……そうだ、あのラッキーティアスクワロの例も出しておくか）

そう考えて、ラッキーティアスクワロの名前は伏せて、他にもテイムの方法があることを伝える。

そんな中、ダンだけが、十歳の子供なんかが勝てるはずがないと思っている。

しかし、今ここでそんな発言をすれば、グレイスの拳骨かコーネリアの杖が頭に襲いかかるかもしれないので、口には出さない。

ただ、姉さんに変なことをしたら絶対に殺すという意思のこもった目で、ゼルートを睨《にら》んでいた。

(こいつ……いい加減にしてほしいな。前世のときは一人っ子だったし、今世では姉さんとも仲はいいけど学園に入ってからは手紙でしか連絡を取っていない。だから、姉が楽しそうに話しているからという理由で、その相手の男に嫉妬《しっと》する感情はよくわからないな)

理解しがたい感情について考えていると、一度魔物をテイムする方法から離れたミルシェが、別のことをゼルートに尋《たず》ねてきた。

「あの、ゼルート君は、どうやってアレナさんとルウナさんと知り合って、仲間になったの？」

ゼルートのパーティーを第三者の目で見ると、少々バランスがおかしいと思っても仕方がない。

(グレイスさんとコーネリアさんには話していたけど、ミルシェさんとダンには話していなかったな。ん～～～……二人ともああいうことに関して口は固いだろうし、喋《しゃべ》ってもいいか)

アレナとルウナに目を向けると、二人とも了承の合図を返す。

「二人は俺の奴隷で、ルウナは奴隷館、アレナはオークションで俺が買ったんだ」

ミルシェはまさかの回答に顔を赤くしてオロオロと戸惑い、ダンも頬《ほお》を染めてやり場のない感情を、ゼルートを睨《にら》みつけるという行為で発散する。

（……ダンが考えていることはなんとなくわかる気がする。正義感が強いってわけではないだろうが、それでも俺がピンクな思考を持ちながら買ったと思ってるんだろうな）

そう思われ続けるのは嫌なので、とりあえず二人を購入した流れを順に説明する。

自分には少々秘密が多く、約束を守れる仲間が必要だったので奴隷を、それも実戦で戦える者を捜していた。

ルウナのときは、彼女の主《あるじ》となるのに相応《ふさわ》しいかを見極めるため、一対一で対決した。

アレナとは、手に入れたアイテムを売ろうと参加したオークションで出会った。そのオークションでゼルートは、とある貴族と知り合う。その人が友人であるアレナを助けようと屑《くず》貴族と競り合っている中で、助太刀をする。

最終的に、アレナを屑《くず》貴族から守ることに成功し、なんやかんやでゼルートの仲間になった。

「そ、そうだったんですね。な、なんか踏み込んだ質問をしてごめんね」

「いや、別に問題ないですよ」

そもそも、グレイスとコーネリアには話してしまっている。

ゆえに、二人に伝わるのも時間の問題かもしれないという考えもあった。

「私としては、これ以上ない主《あるじ》に巡り合えたと思っている」

「私もルウナと同じ考えね。ゼルートは奴隷としてではなく、仲間として接してくれる」

二人の言葉に少々照れるゼルートだが、真面目《まじめ》な顔になり、自分の考えを伝える。

「そんなことは当たり前だろ。俺はお前たちのことを奴隷だと思ったことは一度もない。一応立場が奴隷ってだけで、二人とも俺の仲間だ。それは、何があっても変わらない事実だ」

奴隷だから、自分とは違う種族だからといって、差別をし、物のように扱う理由にはならない。だから、そういった暴挙を行《おこな》っている貴族の思考が、全くもって理解できないし、したくもない。

相手が、自分勝手な理由で罪を犯した犯罪奴隷なら少々話は変わるが、そうでないなら、不愉快な相手以外に対しては、ゼルートは普通に接しようと思っている。

すると、ゼルートの考えを聞いたコーネリアが、懐《なつ》かしいものを見るような目を向ける。

「ふふ、やっぱりあの二人の子供ね。でも……なんというか、ゼルート君はこれから何度も貴族とぶつかりそうな気がしますね」

「くっくっく、確かにそうかもしれないな。そうだなあ……ゼルート、もし高位の貴族がアレナちゃんとルウナちゃんを奪おうとしてきたらどうする？　やっぱりぶっ飛ばすか」

笑いながら尋《たず》ねるグレイス。半分はもしかしたら、もう半分は冗談《じょうだん》のつもりで訊《き》いたのだが、ゼルートは至って真面目《まじめ》に答えた。

「もちろんぶっ飛ばしますよ。というか、今後絶対に俺たちに関わる気がなくなるように、ボロボロにしばき倒します。もし、それでも俺の仲間を奪おうとするなら……殺します」

その言葉を聞いたグレイスとコーネリアがわずかに震えた。

（俺は神様じゃないんだ。殺すのを勘弁《かんべん》するのは一度で十分だろ……まっ、俺の気分によるけど）

なんて軽く考えているゼルートだが、貴族相手にそう簡単にできることではない。

殺す。冒険者が至ってよく聞く単語。その言葉自体に、二人が震えたわけではない。

どんな荒くれ冒険者でも、高位の貴族に逆らおうとは思わない。どんなに仲間思いの者でも、高位貴族に仲間を無理矢理奪われたら、取り返す方法はなく絶望して終わる。

自分たちも、ゼルートと同じように取り返すつもりだが、それは今まで冒険者として集めてきた有力者たちとのパイプを使ってだ。

よっぽどな状況ではない限り、真っ向から取り返そうとは思わない。

だが、ゼルートの目が語っていた。自分の力で取り返すと……どんな貴族や商人であっても必ず潰《つぶ》すと。

（この殺気……本物だ。本気で、返り討ちにして潰《つぶ》せると思ってるんだろうな）

（私たちはゼルート君が持っている手札を全て知っているわけじゃない……もしかしたら、本当にそれだけの力を持っているのかもしれませんね）

グレイスとコーネリアはゼルートの宣言が本気だとわかり、そしてそれは決して不可能ではないかもしれないと思った。

だが、ダンはゼルートの言葉を冗談《じょうだん》、強がりだと思ってバカにする。

ただし、体はブルブルと震えていた。

「は、はは。バ、バカだろお前。そんな冗談《じょうだん》ぜ、全然面白くないぞ。冗談《じょうだん》を言うなら、もっと面白いことを言え」

「冗談《じょうだん》なんかじゃねえよ」

ダンが最後まで言い終える前に、ゼルートが言葉を被せる。

「――――――ッ!! そ、そのせいで家族に危険が及んだら、どうするんだよ!!!」

ダンの言っていることは正しい。貴族には権力がある。自分に刃向かった平民や位《くらい》の低い貴族を潰《つぶ》すことぐらい簡単だ。

それくらいはゼルートもわかっている。それでも、彼は自分の考えを曲げない。

「なっ⁉ どういうことだ!」

「……お前、バカだろ」

「俺はさっき、場合によっては殺すって言っただろ。殺せば、俺の家族に害をもたらすことはできない……そうだろ」

そこまで言ったゼルートを見て、ようやくダンは、目の前のルーキーが本気で言っているのだとわかった。

見栄を張るために、俺に逆らうやつは貴族でも殺してやる――なんて、ほざいているやつはいくらでもいる。だが実際は、そういうやつに限って、貴族にヘコヘコ頭を下げる輩《やから》が多い。

しかし、ゼルートがそんな見栄を張るやつらとは違うとわかり、ダンは固まって何も言えなくなってしまう。

二人の会話が終わると、グレイスが急に笑い出す。

「ぶっ、はっはっはっはっはっは！！　そうか、そうだな。お前の性格ならそうなるか」

「……ああ、なるほど。そういうことですね。よくよく考えれば、納得できる答えです」

二人は知っている。ゼルートがとある貴族の子息に喧嘩《けんか》を売られたために決闘し、相手の子供に恥をかかせた上で勝ったことを……そして、決闘の報酬として、相手の家から命以外の全てを奪ったことを。

だが、ミルシェとダンはその内容を知らないので、なぜグレイスとコーネリアが勝手に納得しているのかがわからず、困惑の表情を浮かべていた。

「お前の考え……というより、覚悟はよくわかった。でも、ゼルートが傷つくことによって悲しむ人がいるのを忘れるなよ」

忘れてはいけない事実をグレイスは伝え、ゼルートはそれに深く頷《うなず》く。

そのとき、馬車の外から笛の音が鳴った。

「おっ、今日はここまでみたいだな。よし、野営の準備をするぞ」

軽い足取りで馬車を降りていくグレイスとコーネリアだが、二人の子供はまだ混乱していた。

「さて、さっさと準備するか」

ゼルートはアイテムバッグの中から、自分で作ったお手製のテントを取り出す。

その、普通なら考えられない光景に、周囲の冒険者たちはみな驚く。

Cランクの冒険者にでもなれば、アイテムバッグを買えるようになるが、そのランクで手の届くものにはそれほど容量がない。

せいぜい二立方メートルぐらいだ。もちろん、ダンジョンに潜っていれば奇跡的に高性能なアイテムバッグが手に入るかもしれないが、その確率は本当に稀《まれ》だ。

A、Bランクの冒険者だと、容量が十立方メートルのアイテムバッグを買う余裕が生まれる。

だが、Dランクの冒険者がアイテムバッグを持つことは、まずあり得ない。

持っていたとしても、それは貴族の子息や令嬢が冒険者の道を選んだ場合のみ。

ゼルートも一応男爵家の子息ではあるが、男爵の財力では少々懐《ふところ》事情が厳しいのが本音だ。

そばで同じく野営の準備をしているグレイスとコーネリアは、ゼルートの両親が自分たちと同じAランクの冒険者だったと知っていたので、そのアイテムバッグは父親から貰《もら》ったものだと思っていた。――実際に貰《もら》ったのは、マジックリングの方である。

だが……夕食の時間にゼルートが取り出した食べ物を見て、グレイスとコーネリアも周りの冒険者と同じ表情になる。

「な、なあゼルート。なんで、お前が今アイテムバッグから取り出した食べ物は、そんな温かそうなんだ？」

「えっ、ああーーーーーー……」

ゼルートは、グレイスの問いにどう答えるべきか迷う。

グレイスたちだけならば、別に事実を教えても構わないかと思うが、今ここで話すと周りの冒険者にもバレてしまう。

すると、自分に突っかかってくる者は増えるだろう。それだけなら、ストレス発散と小遣い稼ぎになるので構わないが、ルウナとアレナを人質にしてアイテムバッグを奪おうと考えるアホが現れるかもしれない。

しかし、よくよく考えてみると、二人がそこら辺の男たちに負けるはずがない。

だから、その性能については正直にグレイスに伝えた。

「これは、中に入れたものの時間が完全に止まります」

「……マジでか!?」

「はい、マジです」

アレナとルウナは周囲の冒険者たちに知られてしまったことに少々頭を悩ませるが、自分たちの主《あるじ》なら問題ないだろう、と通常運転に戻る。

その後、グレイスとコーネリアに、小声でアイテムバッグとお手製のテントの入手経緯を聞かれたが、たまたま手に入れたという設定で通した。

そして、グレイスたちにも食事を分けることにした――

「いや～～～、野営でこんなに温かい飯が食えるなんて、最高だな!!」

「そうですね。いつもは干し肉と黒パン。運がいいときは討伐した魔物の肉を食べられますけど、こんな贅沢《ぜいたく》な料理は初めてですね」

「「もぐもぐ、はぐはぐ。ん……ごっくん。もぐもぐ」」

グレイスとコーネリアは温かい夕食の感想を述べているが、ミルシェとダンは普段からは考えられない状況だからか、食べてばかりで一言も話さない。

そんな二人の様子を、アレナは優しい目で見ていた。

「まあ、こうなるのが当たり前よね。野営でこんな美味《おい》しい料理が食べられるなんて、考えたことないものね。あ〜ん！」

「もぐもぐ……そうだな。私も冒険者になるなら、野営の料理ははぐはぐ……絶対に美味《おい》しくないともぐもぐ……思っていたから、はぐはぐ……はじめは驚いたものだ、もぐもぐ」

「ルウナ、食うか喋《しゃべ》るかどっちかにしろよ、ったく。俺はドーウルスに来る前もこんな感じだったから、これがいつも通りなんだけどな」

料理を作らずとも、創造スキルを使用すれば、でき立てのラーメンやパスタ、唐揚げなどがいつでも食べられるのだ。この世界にない料理を人前では出せないので、ここではやらないが。

グレイスはゼルートの言葉を聞くと、口に入っていた食べ物を全部飲み込んでから、どれだけ彼が常識外れなのかを語る。

「まったく、とんだ贅沢者《ぜいたくもの》だな、お前は。そもそもアイテムバッグやアイテムリングを持てるのはだいたいCランクの冒険者になってからなんだぞ。それに、基本的にどんなにランクが上がったとしても、野営時に食える飯なんて大して変わらないものだ」

「もぐもぐ……っん、でも、ランクが上がれば性能がいいアイテムバッグを買えるはずなので、食料を入れる余裕はあると思うんですけど」

「ああ～～～～……確かにそう考えることもできるかもしれない。だが、普通の冒険者だったら、野営時に食べる食料や調理器具、調味料よりも、魔物の素材や魔石を入れるために容量に余裕を持たせるから、最低限のものしか入れないんだよ」

ゼルートも自分が普通ではない自覚があったので、特にツッコまなかった。

そして温かい夕食を食べ終えた後、ゼルートの魔法で即席の露天風呂を作り、三人……正確には二人のボーイズトークで盛り上がっている頃、女性陣もガールズトークで盛り上がっていた。

――ゼルートが遮音の魔法を使っているため、お互いの声は聞こえておらず、周囲の冒険者にも聞こえていない。見張りには最強のリザードマンであるゲイルが立っており、覗《のぞ》きは絶対に不可能だった。

「ふ～～～～、本当に……野営中にお風呂に入れるなんて贅沢《ぜいたく》よね、私たち」

「うむ、気持ちよすぎて沈んでしまいそう、ぶくぶくぶく……」

「はふ～～～、今私とってても幸せです～～～」

「は〜〜〜、アレナさんの言う通り、本当に贅沢《ぜいたく》ですね。他の冒険者さんたちに少し申し訳なく思います」

アレナとルウナ、ミルシェの三人は、お風呂の気持ちよさに大満足している。

コーネリアも満足はしているが、自分たちだけこんな贅沢《ぜいたく》な思いをしていいのかと悩む。

そんな中、ミルシェが不安に思っていることをアレナに尋《たず》ねた。

「あの……岩の柵があるから大丈夫だと思うのですが、覗《のぞ》かれたりしないですよね？」

「ええ、それなら大丈夫よ。音はゼルートの遮音魔法で外の連中には聞かれないし、何より希少種のリザードマンであるゲイルがいるから、覗《のぞ》きに関しても問題なしよ。ルウナもそう思うでしょ」

「そうだな……木の上から覗《のぞ》こうとしたり、スキルを使って覗《のぞ》こうとしたらすぐに気づいて阻止するだろう。それに、まだ模擬戦をしていないから断言はできないが、ゲイルの身体能力は、同レベルの竜人族よりも優《すぐ》れているはずだ」

ルウナの言葉に、コーネリアはまさかといった驚きの表情を浮かべる。

種族ごとの能力に関して――人族は基本的にバランスが取れている。獣人族は敏捷性《びんしょうせい》に優《すぐ》れている。エルフは魔力量や魔法のセンスに特化している。ドワーフは防御力、鍛冶《かじ》の腕が優《すぐ》れており、竜人族は腕力が秀でている――といった具合に、特化している分野が分かれている。

人族以外の種族は、特化している能力が同レベルの魔物に劣ることはほとんどない。

もちろん、AランクやBランクの魔物ともなれば話は別だが、いくら希少種とはいえ、元がCランクのリザードマンが、竜人族を身体能力で超えるというのは、普通なら考えられない。

だが、コーネリアはAランク冒険者として長年培《つちか》ってきた感覚により、ルウナが言っていることが真実だとわかった。

ミルシェは、まだ冒険者になってからそこまでの年月が経っているわけではないが、両親がAランクの冒険者ということもあって、多くの真の強者と出会ってきた。

ゆえに、強者が醸《かも》し出す雰囲気《ふんいき》というのがなんとなくわかり、ルウナが真の強者だということもわかっている。だから、ルウナの言葉が嘘だとは思えなかった。

「ゼルートも大概規格外だけど、その従魔であるゲイルも結構規格外よね」

「アレナの言う通りだな」

「そうですね……あっ、そういえば昔ですね……」

「ほ～～～、それは凄《すご》いな。いったいどうやって……」

そこからは、過去に出会った珍しい従魔の話や、冒険者ならではの会話で盛り上がる。

そして話題は唐突に恋愛へと変わる。

「そういえば、アレナさんとルウナさん、どちらがゼルート君の恋人なんですか？　それとも、もしかして二人ともゼルート君の恋人ですか？」

「そ、そうなんですか、アレナさん、ルウナさん!!」

コーネリアは冗談《じょうだん》で言ったつもりだったが、ミルシェは本当に母親の言う通りなのかと、興味津々に食いつく。

　質問された二人は、頬《ほお》を赤らめて顔を背けるということはしないが、どう答えるべきか頭を悩ませる。

　そして、先にアレナからゼルートに対する思いを述べる。

「私は好きかどうかと訊《き》かれたら、多分好きだと思います。奴隷という立場でなかったら、告白していたかもしれませんね。でも、私の友人が関係していたとはいえ、オークションで普通の人ならばとても払えるような額ではないお金を使ってまで、豚貴族から助けてもらったので、その恩をしっかりと返すまでは、そういったことはあまり考えられませんね」

　自分を助けてくれた恩人に恋をするよりも、まずはその恩を返すことが先。ゼルートに対するそういう思いをどうするかは、恩を返し終わってから、というのがアレナの考えだった。

「私は……そうだな、惚《ほ》れてはいると思う。だが、それはゼルートの強さに対してだ。もちろん、あいつの優しさやいいところは知っている。そして、まあ……いつも大雑把《おおざっぱ》に行動しているが、私にも色々とあってだな、そういった感情を持ち……関係を持っていいのかわからないんだ」

　今は確かにゼルートの奴隷という立場だ。だが、元は王族の娘……王女という立場だったルウナ。そんな自分がゼルートにそういった感情を持ったとしても、後々それが面倒事に繋がってしまうのではないかと考えると、どうすればいいのか先が見えない。

　コーネリアは、まだ若い二人の考えが可愛《かわい》く思えた。

ミルシェはまだ自分が恋愛をしたことがないので、二人の考えに対して感嘆していた。

そこでアレナは、今度はこっちのターンといった感じで質問する。

「えっとダン君だったかしら？　そちらはどうなんですか。彼ぐらいの年齢なら、浮いた話の一つや二つはあると思うのですが」

その質問に、二人は苦笑いをしながら、歯切れ悪く答える。

「えっと、ダンはその……何と言いますか」

「は、母親離れと姉離れができていないんですよ。あ、あはははは……」

まさかの回答に、アレナとルウナも苦笑いするしかなかった。


女子たちと同じく、ゼルートとグレイスも恋愛について話し合っていた。ダンも一緒にいるが、ずっと黙っている。

「ゼルート、お前はまだ好きな人とかいないのか？」

「……そうですね。というか、今は冒険者になったばかりなんで、冒険の方が優先かなって感じです」

いずれ彼女は欲しいと思っているゼルートだが、まだ十二歳だ。

前世でも十二歳で恋人がいる者はほとんどおらず、今世でもまだ恋人をつくろうという思いはなかった。

「そうなのか？　俺がお前ぐらいのときは、美人なお姉さんや可愛《かわい》い子に目が行っていたけどな」

「それは……まあ、男の性《さが》ってやつじゃないですか」

「おっ、よくわかってるじゃねえか。いつかあんな美人で可愛《かわい》い人を嫁さんにするんだ〜〜って、張り切って依頼をこなしてたな」

　はっはっは！　と笑って語るグレイスだが、それは決して嘘ではない。

というより、冒険者に憧《あこが》れを抱いているルーキーは、大なり小なりそういった思いを持っている。

「そうやってガレンたちと依頼をこなしつつランクを上げていって……たまに痛い目を見たこともあったっけな」

「……目が覚めたら、お金を全て盗られていたとか、そんなところですか」

「そういうこった！！！　その度に、コーネリアやレミアに怒られたな」

　女性二人に怒られるグレイス。そんな光景が容易に想像できてしまい、ゼルートは小さく噴き出してしまった。

「男の冒険者は、よくそういった手に引っかかるんですか？」

「いや〜〜〜人によるんじゃないか？　俺は何回か引っかかったが、お前の親父はそういったのに引っかかっていなかったからな。でも……半分ぐらいの男が、一度はやられたことがあると思うぞ」

　グレイスの予想は百パーセント正解ではないが、三分の一くらいの男性冒険者がそういった苦い経験をしている。

「冒険に夢中になるのもいいが、そっちにも目を向けておいた方がいいぞ」

「……もう少し歳を取ったらそう思うかもしれませんね。少し話は変わりますけど、グレイスさんは娼館に行ったことはあるんですか」

「お、おおう。なかなかぶっこんだ質問だな。恋愛よりもそっちに興味があるのか？」

「興味は多少ありますけど……今のところは行こうと思ってませんよ」

前世のゼルートは、まだそういった店に通う前に死んでしまったが、そういったピンクな店に興味がある年頃だった。そして、今も興味がある。

「そうか……基本的に、あんまり行かないことを勧めるぞ」

「当たり外れが大きいってことですか？」

「いや、そういうわけじゃないんだ。向こうも商売でやってるから、しっかりした相手を出してくる」

過去にガレンと一緒に何度か娼館に行ったことがあるグレイスはそう答えた。

ちなみに、姉と母親にぞっこんなダンだが、年頃なのでそういった店には興味はあり、ちゃっかり聞き耳を立てていた。

「ただなあ……娼婦たちはその道のプロなんだ。俺たちは戦うプロだが、向こうはそういった分野のプロなんだ。だから……」

「えっと……自分に夢中にさせるプロってことですか？」

なんとなく言葉にしたのだが、それは紛《まぎ》れもなく正解であった。

「そうなんだよ！　俺も、もう少し精神力が弱かったら、虜《とりこ》になっていたかもしれない。男を手玉に取るのが上手い嬢は、店に来たときに自分を指名させるだけじゃなくて、男に貢物《みつぎもの》を用意させるんだよ」

「そ、それは……お、恐ろしいですね」

ゼルートの脳裏には、キャバ嬢の営業スタイルが思い浮かんだ。

詳しいことはゼルートも知らないが、お店以外の場所で会って、自分が欲しいものをねだって客に買ってもらう。そういった行為を行う嬢がいると耳にしたことがる。

（別に、店のルールとかに触れていないんだろうから、罰せられることもないと思うが……あれだよな、まさしく魔女って呼ぶに相応《ふさわ》しい性格をしてるんだろうな）

実際に会ったことがないので断言はできないが、大半の人がそういった考えを持っているのだと思えてしまう。

「男は性欲が溜《た》まれば発散しなければならない。でも、身近に発散できる相手がいなければ、そういった店に行くという選択肢を選ぶのはしょうがないんだよ」

冒険者とは、いつ死ぬかわからない職業だ。

ある程度の実力を身につけ、安全な道を歩んでいたとしても、突然死ぬ可能性はある。

そういった職業の者と、一時的ならともかく、ずっと関係を持とうと思う者は少ない。

そして……これがなかなかシビアな問題だが、Cランクぐらいにならなければ、そこまで懐《ふところ》に余裕ができない。

Dランクになれば一人前と言われる世界だが、その日によって稼ぎはまちまちであり、完全に実力主義の中……次の依頼を受けるために何かとお金がかかる冒険者は、遊びに使えるお金が多くない。

「小遣いを使うのは悪いと思わないが、一度ハマってしまうと、ある程度金銭的に余裕を持っている冒険者でも、身を持ち崩すことだってあるんだ」

過去に知人たちが嬢にハマってしまい、ボロボロになったことがある。

グレイスは嬢たちが悪いとは思わない。自分だって過去に世話になった人たちだ。

だが、知人を止められなかったことを、今でも後悔している。

「まっ、そういうわけだから、ゼルートはちゃんとしたいい人を見つけろよ」

「そうですね。心から信頼できる人を見つけようと思います」

「おう、それが一番だ!!　ダンもだぞ。あんまり拗《こじ》らせて、嬢たちにハマるような道に行くなよ」

「そ、それぐらいわかってるよ!!　俺はそいつみたいに、相手が美人だからってデレデレしないからな！！！！」

突然話を振られたダンは、顔を赤くしながらも、相も変わらずゼルートを馬鹿にする。

だがその幼稚な発言に、ゼルートはだんだんとダンが可哀《かわい》そうに思えてきた。

（暴言を吐《は》くことでしかマウントを取れないとか……こいつ、本当に終わってるな。蛙《かえる》の子は蛙《かえる》……にはならないってことだな）

ダンの全てを知ったわけではないが、ゼルートの中で彼の評価はどんどん下がっていく。


翌日、特に何か異変が起こることはなく、馬車の中で世間話をしていた。

（やっぱり父さんはモテてたんだな）

ゼルートの父親、ガレンは、女性の冒険者は当然として、貴族の令嬢などにも結構モテていた。

そして、それに嫉妬《しっと》したレミアに魔法で撃たれることもしばしばだったという。ゼルートはその光景が容易に頭の中で想像できてしまった。

そしてゼルートも笑い話として、幼馴染《おさななじみ》であるゴーランという少年がファイヤーボールを放とうとしたら屁《へ》が出たことを話すと、全員が腹を抱えて笑った。

ゼルートたちが話していることには全く興味がないという表情をしていたダンでさえ、ポーカーフェイスをおもいっきり崩して笑っていた。

ファイヤーボールの失敗例として、通常より小さな火の玉が放たれることはあるが、屁《へ》が出たなんて例を、グレイスたちは一度も聞いたことがない。

（……仮にだが、この話が広まったら、あいつはいずれ魔法の教本に悪い例として名前が載るかも

しれないな）

もしもの未来を想像したゼルートは、心の中で爆笑した。

また、今回の野営時には他の参加者たちが、ゼルートに温かい飯を売ってほしいとやってきた。

ゼルートは彼らに、銀貨二枚でそこそこ腹が膨れる料理を売った。

（少し高いかと思ったが、こういう状況なら、不満もなく買ってくれるもんなんだな）

やはりゼルートは、野営時に温かい飯が食べられる喜びを理解していなかった。

夕食が終わり、再びゼルートお手製の風呂に入りながら、ボーイズトーク……ならぬ、エロトークが始まった。

グレイスの好みは、美人は大前提として、巨乳が一番と断言する。ゼルートも足や尻よりも胸に興味があるので、その話はかなり盛り上がった。

だが、ダンは最後まで自分の好みの女性のタイプを言わなかった。

（まっ、こいつの場合は、好きな女性のタイプとかないんだろうな。母親と姉の二択しかない……そこに関しては、ちょっと可哀《かわい》そうに思えてきたな）

この世界には、前世と同じような、近い親族と結婚してはならないというルールはない。

だが、遥《はる》か昔に親族同士で結婚を繰り返した結果、生まれてくる子供が病弱になる確率が高くなったという記録が残っている。

そういうわけで、禁止事項ではないのだが、あまりいい印象は持たれない。

（確か、一度の結婚だけだと、そこまで遺伝子に害はないんだったよな。それを繰り返し行うと、子供の免疫《めんえき》耐性が弱くなる……みたいな話は聞いたことがあるけど）

基本的に他の女性には興味がないダンだが、女体に興味がないわけではない。

そこがゼルートとしては少々心配だ。

（コーネリアさんなら問題ないとは思うけど……ミルシェさんの腕力を考えれば、ダンに襲われたときに対抗できるのか？）

そんなことが起こらないと信じたい。信じたいが……仮にダンの性欲が目覚めたきっかけがミルシェだとすれば？　ダンがそのきっかけに対して抗《あらが》わないと断言はできない。

（さっさと娼館に行って女体の感触を体験すれば……いや待てよ、それを知ってしまったら、余計にミルシェさんを抱きたくなってしまうのでは⁉）

そんなもしもの可能性が思い浮かんでしまった。

ゼルートは、自分がそんなことを考えているとはグレイスに悟らせずにエロトークを続け、風呂から上がると、眠くなってきたのでベッドに入るが、夜中に目が覚めてしまった。

「む、どうかしましたか、ゼルート様。魔物や冒険者の襲撃はありませんが」

見張りを続けているゲイルは、ゼルートが外に出てきたので、何か異変があったのかと少々不安そうな表情で尋《たず》ねる。

「いや、ただ目が覚めてしまっただけだ。少し風に当たってくるよ」

「そうですか……何もないとは思いますが、お気をつけて」

「ああ、わかってるよ」

ゼルートは歩きながら考えていた。

（自分が来てみたいと思っていた世界に来られて、それなりにやりたいことはやれてるから、不満はない。むしろ満足している。でも、この世界では何が俺のゴールになるのか……それがいまいちわかってないんだよな）

一度は人生の幕を閉じ、二度目の人生の幕が開けて、初《しょ》っ端《ぱな》から努力に努力を重ねて得た力。

さらに神からのギフトもあり、大変満足した生活を送れている。

だが……このまま自分がどうなっていくのか、あまり先が見えない。

（冒険者に関しては、父さんや母さんと同じAランクになるのが当面の目標だが……ハイスピードで駆け上がるつもりはない。Sランクは……いや、やめておこう。俺が持っている力を考えれば、目指すことが不可能な頂《いただき》じゃないかもしれないけど、正直Sランクになった後がめんどくさそうだからな）

事実としては、そこまで縛《しば》られることはない。

Sランク冒険者というのはそれほどまでに、多くの冒険者、商人、貴族……国すらからも恐れられる存在だからだ。

（もしかしたら、父さんみたいに貴族になって領地を経営することになるか？　領地の経営とかは

やってみたいって気持ちはあるが……うん、それもやっぱりめんどくさそうだから却下だな）

　基本的に絡んできた相手に対して、最初は口で応戦するが、相手が引き下がらなければ最終的に手が出るのがゼルートだ。

　それは領主になってからもおそらく変わらない。他領とのトラブルが発生した場合、特に他領からの嫌がらせが発生したとき……証拠を掴む前に、無理矢理物理的な力で解決する可能性が高い。

（というか、貴族になって領地を持ったりしたら、冒険ができなくなるから、どちらにしろ却下だ。冒険の代わりに書類作業ばかりすることになりそうだし。てか……俺って結婚するのかな？）

　将来自分は好きな人を見つけ、その人と結婚できるのか。

　それは、ゼルートの人生の中で最大の難所と言っても過言ではない……かもしれない。

　ゼルートの見た目は悪くない。成長すればガレンに似て、高確率でイケメンになるだろう。

　ただ、見た目が理由で寄ってくる輩《やから》に用はない。いや、中身をきっちり見てゼルートにアタックしてくる者が現れるかもしれない。かもしれないが……ゼルートは、自分は二十代後半までは冒険を続けているだろうと予想している。

（前世では結婚なんて全く考えていなかったけど、この世界では……いずれ結婚するだろうし……てか、そう思える相手と、であると思うけど……ああ〜〜〜〜、もういいや！！　そういうのを真面目《まじめ》に考えるのは、全ての冒険が終わってからにしよう）

　将来についての考えを一旦頭から捨てたとき、ゼルートは後ろから声をかけられた。

「おい、ゼルート。な〜〜〜に一人で黄昏《たそが》れているんだ」

振り返ると、そこにはグレイスがいた。

「グレイスさんこそ、どうしてここにいるんですか、こんな夜中に。ちなみに俺は、ただ風に当たりに来ただけですよ」

「俺は見張りだ。そんで、ここら辺を通ってたらお前を見つけたんでな。ちょっと声をかけただけだ」

そう言ってグレイスは、ゼルートの隣にどかっと腰を下ろす。

そこでゼルートは一つ思いつき、アイテムリングの中から冷えたエールをグレイスに渡す。

「どうぞ。風に当たりながらエールを飲むのもいいと思いますよ」

「おお、それはいいな！　って言いたいところだが、さすがに今飲むのはちょっとまずい。というか……お前、それも似たような感じなのか？」

「はは、そうなんですよ……グレイスさん」

「ッ！　……なるほどな。お前が何を言いたいのかは理解できた」

ゼルートのアイテムリングまでもがアイテムバッグと同じ効果を持つことに、グレイスは大声を上げて驚くのを我慢して質問するが、返答を聞いて妙に納得する。

一方のゼルートは、再びエールを勧め、そして付け加える。

「大丈夫ですよ。回復魔法のリフレッシュを使えば、酔いは醒《さ》めますよ」

「お前、回復魔法まで使えるのかよ……本当に魔法に関して多才だな。でも、リフレッシュって、状態異常を治すための魔法じゃないのか？」

「何を言ってるんですか。酔いも立派な状態異常ですよ」

その言葉を聞いたグレイスは、一瞬ポカーンとした表情になるが、すぐに声のボリュームを落として笑い出す。

「なはははは、なるほど!!　確かにそうだな。なら、一杯貰《もら》うとしよう」

ゼルートからエールの入ったジョッキを受け取り、ごくごくと美味《うま》そうに喉に通していく。

「かーーーーーっ、やっぱり冷えたエールは美味《うま》いな!!　本当に、お前に会ってからは今まで考えられないような体験ばかりしてるぜ」

(俺にとっては普通だが、この世界の人にとっては考えられない……それが当たり前なんだよな。でも、俺は超善人ってわけじゃないから、世の中をどうこうしていこうとは思わないけどな)

ゼルートの力があれば、この世界の生活水準を上げることも可能だろうが、本人はそこまで誰かのために時間を使おうとは思っていない。

「なあ、ゼルート」

「なんですか、そんな改まった顔で」

グレイスの顔は、冷えたエールが飲めて気分絶頂のときとは表情が違い、真剣だった。

「もし、ダンとミルシェが困っていたら、助けてやってくれないか」

「……そういうのは、親であるグレイスさんたちの役目じゃないんですか？」

ゼルートは一般的な考えで返すが、グレイスにはグレイスなりの考えがあった。

「いや、まあ……冒険者としてのことなら、俺でも相談に乗れるかもしれないが、やっぱ年相応の悩みとかは、ちょっと俺には厳しいからな。それに戦い方に関しては、多分ゼルートの方が教えるのは上手いだろ」

「前半は納得できますけど、後半に関しては買いかぶりすぎですよ」

経験がないので、他人に何かを教えることに大して自信はない。

「はっはっは、俺はそうは思わないけどな。まっ、お前が暇なときでいいからよ」

「……わかりました。でも、俺はアドバイスをしたり、道を提案したりするぐらいしかできませんよ」

「ああ、それぐらいでいい。じゃないと、本当の意味で成長できないからな」

ゼルートは内心で微笑した。

（ふふ、俺の周りにいる大人って、本当にいい人が多いよな）

そして二十分ほど会話を続けたところで、ゼルートはグレイスにリフレッシュを使い、自分のテントへと戻って、再びベッドに潜った。


出発から三日目、ようやくゴブリンとオークの群れが拠点にしている場所の近くへと辿《たど》り着いた。

ゼルートたちはそこに拠点を作り、今回の討伐についての確認が行われる。

しかし、ゼルートにとってはあまり聞いても意味がない内容だったため、右から左へと聞き流していた。

確認が終わった後、グレイスがゼルートたちのもとにやってきた。

「おう、ゼルート。ちょっとだけ時間はあるか？」

ゼルートはアレナたちと討伐中の行動の確認をしておきたかったので、少しだけ悩む。

「……わかりました。三十分ぐらいなら問題ないですよ」

「ああ、それだけあれば十分だ。ってことで悪いが、ちょっとだけゼルートを借りる」

「わかりました。ゼルート、襲撃の時間には遅れないでよ」

「わかってるよ、ルウナ」

人目のない場所に移動してから、グレイスは真面目《まじめ》な表情でゼルートに質問する。

「なあ、ゼルート。お前は今まで人を殺したことはあるか」

「はい、Ｄランクの昇格試験が盗賊を討伐することだったんで。それに、その前にも盗賊団に襲われて、逆にアジトをぶっ潰《つぶ》してやりました」

「そ、そうか……それならいいんだ。ただ、もう知っているかもしれないが、今回の討伐でお前を狙っているやつらがいる」

ゼルートもその視線に気づいていた。

「結構バレバレな視線を送ってきているのは知ってました。ドーウルスに来てから色々と恨《うら》みを買ってるんで……その中でも、俺が初めてギルドに行ったときに絡んできたCランクの冒険者が怪しいのでは、と思ってます」

「Cランクの冒険者か……ゼルートのことだから心配ないと思うが、そういったことに慣れているやつは本当にいる。注意しておくに越したことはない。気をつけておけよ」

グレイスは、まるで自分の子供を心配するかのような態度で伝える。

彼にとってゼルートは親友であるガレンの息子。やはり他の冒険者と比べて無意識にでも気にかけてしまう。

「大丈夫ですよ。もし本当に襲ってきたら、まとめて返り討ちにしますから」

「……ふっ、そうか。余計なお世話だったな。よし、それじゃ早く戻るぞ」

「はい！」

話とは全く関係ないが、ゼルートは会話中に、なぜグレイスとダンの性格がこんなにも似ていないのかを考えていた。答えはまだ出ていない。

「おかえりなさい、ゼルート。どんなことを話していたの？」

「いや、そこまで大した話じゃないよ」

ゼルートはアレナに先程のことを伝えなかった。

（話さなくても、二人なら既にわかってそうだしな）

ゼルートの考え通り、アレナとルウナは自分たちに……正確にはゼルートに向けられている視線に気がついていた。

そしてアレナは、その視線を向けている者たちの目論見《もくろみ》も、ある程度予想がついていた。

「それより、アレナ、ルウナ、討伐中の動きを確認するけどいいか」

「ええ、大丈夫よ」

「もちろんだ」

「よし、まず俺とゲイルは単独で動いて、アレナとルウナは基本二人で行動してくれ。そんでゲイルには、危ない状況になっている冒険者の援護に回ってもらう」

「了解しました」

「それから……ルウナはできれば上位種と戦いたいんだよな」

苦笑いしながら尋《たず》ねると、ルウナは嬉々とした表情で頷《うなず》く。

「ああ、前回の昇格試験のときは全然強いやつと戦えなかったからな。オークの上位種とかならば、そこそこいい戦いができるはずだ。まあ……キングがいた場合は、ゼルートとゲイルに譲ろう」

ゼルートはホッとしていた。

(約束を覚えていてくれたんだな。よかったよかった。後でそこら辺で揉《も》めることになるのは面倒だからな)

ルウナはできればキング種とも戦ってみたいが、約束もあったし、一応自分がゼルートの奴隷という立場なのを理解もしていた。

「アレナは、ルウナと一緒に戦いつつも、余裕があったら他の冒険者の手助けをしてやってほしいんだが……いいんだよな」

「ええ、こういうときに同業者に恩を売っておけば、後々役に立つときが来るのよ」

単純に、助けられる命があるなら助けたいという思いもあるが、残念ながら冒険者は慈善活動家ではない。

アレナは経験上、こういった場面で恩を売っておけば、相手もその恩を覚えている場合が多いことを知っている。

（恩を売る、な。確かに冒険者として今後活動する上で、それが役立つ日が来るかもな）

ゼルートにも、そうなればいいなという思いがある。

「それで、俺はさっき言った通り、ソロで動くから」

もう一度確認を取ると、アレナが真剣な表情で尋《たず》ねる。

「私たちを……正確にはゼルートを狙っている馬鹿どもは任せていいのよね」

「ああ、安心しろ。あんなアホどもに殺されたりなんか、万に一つもないからさ」

ルーキーにしては傲慢《ごうまん》とも思える言葉だが、ゼルートにはそれだけの経験と実力がある。

そんなゼルートの返答を聞いたアレナは、優しい笑顔で頷《うなず》く。

「わかったわ。でも、あまり気を抜かないようにしなさいよ」

「そうだぞ、ゼルート。馬鹿は行きすぎると何をしでかすかわからないからな」

「はっはっは、そうだな。そういう行動には用心しておくよ」

大勢の冒険者が、仲間との連帯の確認や武器の整備に時間を費やし……ついに討伐作戦決行の時間になる。

まず冒険者たちは、敵意と殺意を遠慮なくまきちらしながら、ゴブリンとオークの拠点に襲撃をかける。

今回の依頼に参加しているパーティーの中で一番ランクが高い『魔導の戦斧』とＢランクのパーティーが真正面から攻撃を仕かける。他のパーティーたちは、魔物を逃がさないように他方向から一斉に攻めはじめる。

少し前にこの作戦を聞いたゼルートは、つい思ってしまった。

(……それ、別に作戦じゃないよな)

だが、そんなことを言っても意味はないので、口に出さなかった。

結局は、自由に動いてオークとゴブリンを討伐できるのだ。ゼルートにとっては好都合だった。

ゼルートたちのパーティーにも攻撃の合図が出され、指定の位置からオークとゴブリンの群れに襲撃を行う。

「よし！　それじゃ、作戦通りに頼んだ!!」

アレナとルウナが先に行った。

「任せなさい」

「きっちり倒してくる!!」

「ゼルート様、約束を忘れないでくださいね」

ゲイルは、ゼルートに言われたことを遂行《すいこう》する代わりに、今回の依頼で呼ばれたときに約束した願いの確認を行う。

ゼルートは口の端を吊り上げて答えた。

「ああ、もちろんだ。キング種を見つけたら報告するよ」

「楽しみに待ってます」

「おう、楽しみに待っていてくれ……さて、俺も楽しんでくるか」

その瞬間、ゼルートは見る者によっては後退《あとずさ》りしかねないような笑みを浮かべていた。


「よっと、おらっ！　しっ！　ったく……あんまり戦いごたえがないな。まっ、ただのゴブリンじゃこの程度が普通だよな、っと……へ〜〜〜、いいんじゃね。そこそこパワーがありそうだな」

十体のゴブリンを長剣でさくっと斬り終わったところで、オークの集団がゼルートに向かってきた。そのうちの一体が、手に持っている巨大な棍棒を全力で振り下ろしてくる。

（女性からすれば最低最悪な豚だけど、戦いに関して思い切りがいいところは嫌いじゃないんだよな～～、俺に当たるかは別だけど）

何の工夫もない攻撃がゼルートに当たるわけもなく、さらっと簡単に躱《かわ》されてしまう。

「普通に戦ったら呆気《あっけ》なく終わりそうだし……修行だと思って、ちょっとハンデをつけるか」

普段から自身の体に重力の重りをつけているが、それに加えて、重力魔法を使ってさらに自分の体を重くする。

普通の冒険者からすれば自殺行為以外のなにものでもないが、ゼルートは身体能力がAランク冒険者並みなので、オークの集団相手では自身の身に危険が及ぶことなど全く考えていない。

「これでよし、と。それじゃぁ……行くぞ！！！」

「「「「「ブモォォォオオオオーーーーーーッ！！！」」」」」

ゼルートが走り出すと、それに応《こた》えるように、オークの集団も吼《ほ》えながら彼に向かって駆け出し、手に持つ得物を使って全力で仕留めようとする。

駆けてくるオークの集団の中には、オークの上位種であるソードマンやアーチャー、メイジもいた。

基本的には、一人で挑むような相手ではないが、ゼルートはそんなことは関係ないといった様子で斬りかかる。しかも嬉々とした表情で。

二体のオークが同時に、棍棒と大剣を力の限り振り下ろす。

当たれば間違いなく体の骨が粉々に砕け、切断されるだろう……だが、オークが身体強化のスキルを使ったとしても、ゼルートに当たることはない。

ゼルートは、二つの武器が自分に当たるよりも速く体を一回転させて、魔力の斬撃を放つ。

すると、斬撃はそのままオークの体ごとそれぞれの武器を切断してしまう。

通常のリーチだけを考えれば、ゼルートの攻撃がオークたちに当たることはないのだが、圧倒的な速さで遠距離攻撃を放つ彼には関係なかった。

「さてと。倒し終えた直後を狙うなんて……意外と頭を使ってるんだな。上位種っぽいし、経験の差って感じか」

オークアーチャーは、ゼルートが二体のオークを倒し終えた瞬間を狙い、狙撃のスキルで威力を強化した矢を放ったのだが、体を半身《はんみ》にされてあっさりと躱《かわ》されてしまう。

攻撃のタイミングにゼルートは感心しているが、あっさり避けられたオークアーチャーからすれば、嫌味でしかない。

ゼルートの感知能力は、常人とは比べものにならないほど精度が高いが、スキルを使わずとも、今のような攻撃くらいなら空気の流れでわかるので、目を閉じていても躱《かわ》せる。

「……それは、俺にとっては大したことないけど、周りの人たちの迷惑になるな」

オークメイジが詠唱に入っていることに気づき、ゼルートは急いで倒そうとするが、当然のごとく他のオークたちが壁となって邪魔をする。

（仲間を庇《かば》うためなのか、それともそういう行動が染みついているのかはわからないけど、そういうところはしっかりとしてるよな）

冒険者も、基本的には同じ行動を取る。

「人型の魔物って、そこら辺はわかってるんだよな……俺にとっては無意味だけど」

通常よりも大きいアースランスを無詠唱で生み出し、メイジの盾となっていたオークとオークメイジをそのまま貫く。

「「ブモオオオォォ……」」

アースランスによって体に大きな穴を開けられたオークたちは悲鳴を上げ、自分たちの詠唱が完成するよりも先に息絶えた。

自分たちの中で大きな力を持っているメイジがあっさりと殺されてしまったことで、オークたちの中にゼルートに対する恐怖が生まれた。

だが、魔物にも魔物なりのプライドがあり、逃げようとはしなかった。

そして、怖気《おじけ》づいている自分を鼓舞《こぶ》するように雄叫《おたけ》びを上げ、再びゼルートに襲いかかる。

「おおう！　さすが魔物だな」

恐怖に支配されることなく自分に襲いかかるオークたちにゼルートは称賛を贈るが、それでも容赦《ようしゃ》なく首を切断し、心臓や脳天を貫き、ファイヤーボールで頭部を吹き飛ばす。さらに、アースブレットを放って体をハチの巣にもする。殺されたオークやその上位種の死体は、きっちりアイテムリングの中に回収していく。

「さてと、残るはお前だけみたいだな――オークジェネラル」

オークソードマンは呆気《あっけ》なくゼルートに切断されてしまい、最後まで戦いを見ていたオークジェネラルはようやく、生死の世界に入る。

（もしかしてだけど、俺とオークやその上位種との戦いぶりを見て、俺の手札や身体能力を把握《はあく》しようとしていたのか？　仮にそうだとしたら、本当に頭がいい個体なんだな。さすがジェネラル）

ゼルートの予想はあながち間違ってはいなかったが、彼はオークたちとの戦いでほとんど実力を見せていないので、まったく意味のない情報だと言える。

Cランクの魔物であるオークジェネラルは、他のオークと同じ程度の実力だろうと勘違《かんちが》いしてきた相手を葬《ほうむ》ってきた。一方、目の前の子供も、同じように実力は年相応だと勘違《かんちが》いして絡んできた馬鹿どもをぶっ飛ばしてきた。

背筋が寒くなるのを感じる中、オークジェネラルは勇気を振り絞《しぼ》って挑む。

「ブモモモォォオオオオオッ！！！」

「いい気合じゃねぇかッ！！！」

オークジェネラルの雄叫《おたけ》びに応《こた》えるように、ゼルートの長剣を握る力が自然と強くなる。

二人の武器がぶつかり合った瞬間、金属音が嫌でも耳に響く。

その瞬間から、ゼルートは魔法を使わず、長剣の力だけで勝負をすることを決めた。

（これぐらいの力が、ちょうどいいな）

ハンデをつけているにもかかわらず、本気でオークジェネラルを斬ろうとした場合、あっさり勝利してしまうのが明白なので、さらに力もセーブすることにした。

だが、先程より圧が強くなっているのを感じたオークジェネラルは、その巨体からは考えられないほどの跳躍力で後方に跳《と》び、大剣術の技を発動させる。

「あれは……ダッシュブレイクか」

走りながら相手に斬りかかる技。派手な技ではないが、速度も力に変わるので、見た目以上の威力がある。

標的が大きければ最適な技と言える。ただ技が大振りなので、標的が小さければ当たらず、相手のスピードが発動者より速くても避けられてしまう可能性がある。

もちろん、ゼルートは避けようと思えば簡単に避けられる。

だが……今の彼にそんな選択肢はなく、真正面から迎え撃つ。

「それじゃ、最後の力比べだ。行っくぜッ！！！」

「――――ッ！！！！」

オークジェネラルが放つダッシュブレイクと、ゼルートの魔力を纏《まと》った長剣が繰り出す斬撃が、爆音を響かせながら衝突する。

その結果は――当然、ゼルートの勝利で終わった。

「ブモモモオォ……」

「うし、俺の勝ちだな」

ゼルートの魔力を纏《まと》った斬撃は、オークジェネラルの腹を斬り裂いた。

その傷はかなり深く、五秒と経たずにオークジェネラルは息絶えた。

戦いを終え、ゼルートは百パーセント満足したわけではないが、そこそこ満足した顔になる。

「まっ、短い時間で終わったけど、なかなか楽しめたよ」

そして次の行動に移ろうとしたとき、普通の冒険者ならば絶対に頭に浮かばないことを思いつき、後悔した。

「ちょっと待てよ。もしギリギリの戦いを続けていたら、昇格試験のときに戦ったスケイルグリズリーみたいに成長したんじゃないか？」

戦闘の最中に魔物が成長した例は確かに残っている。

だがそれは、冒険者にとって最悪のケースだ。まず喜ぶことはない。

「スケイルグリズリーであの強さだ、成長してすぐだとしても……もしかしたら、あれより強くなってる可能性はあるよな？　だとしたら、俺は物凄《ものすご》い大損をしたんじゃ……」

一般的な冒険者が聞けば、ほとんどの者はドン引きするだろう。

それほどまでに今のゼルートは、バトルジャンキー脳になっていた。

◇

「さてと、本当にいつ見ても嫌悪感しか湧《わ》かないわね、こいつら」

「私も……まあ、いい気分はしないな」

アレナとルウナは、オークとゴブリンを前にして愚痴《ぐち》っていた。

「でも、私たちなら、そう時間はかからず終わるだろう」

ルウナが言うと、アレナも頷《うなず》いた。

「それもそうね。さっさと終わらせましょう」

「ああ！」

アレナは魔法を、ルウナはスキル技を女の敵たちに向かって放つ。

「風よ、姿を変えて疾風の矢となりて、我が敵を討て……ウィンドアロー!!」

「ブレイククロウッ！！！」

放たれた風の矢と魔力の爪に、オークやゴブリンたちは体を貫かれ、あるいは斬り裂かれていく。

実力差を考えれば、アレナとルウナの攻撃が完全に防がれることはまずない。

しかしその初撃で全ての敵が殺されたわけではなく、運よく生き残った連中は、二手に分かれて襲いかかる。

そんな、本能をまき散らすように襲ってくる魔物に応《こた》えるかのごとく、ルウナはその場から駆け出した。

「さあ、私を襲おうとしているんだろう。なら死ぬ気でかかってこい!!　でなければ、お前らでは指一本触れることはできないぞ！！！」

その言葉通り、オークたちはルウナに指一本触れることができずに、命を散らしていく。

ルウナの魔力を纏《まと》った拳や蹴りが、容赦《ようしゃ》なく敵の腹、脳、腕、脚を貫き、引き裂いた。

複数で真正面から襲いかかってきたゴブリンは蹴りの一撃で終了。

（馬鹿だなあ……もっとバラけて襲ってくればいいものを、飛ぶ高さまで揃えて襲いかかってくるとは……狙ってくれと言っているようなものだ）

剣や槍を持ったソードマンやランサーのオークもいたが、武器がルウナの体に届くことはなく、逆にルウナに蹴りで頭を粉々に砕かれ、正拳突きで腹に大きな穴を開けられる。

自信満々に大斧を振り下ろしてきたオークのそれには魔力が纏《まと》っていたが、ルウナに比べれば練度に大きな差があり、ジャブ一発で砕かれてしまう。

仲間が殺されている間に好機だと思ったオークメイジとゴブリンメイジは、お互いに違う魔法の詠唱を始める。

そして、ルウナが命を奪ったオークがちょうど倒れる瞬間を狙い、ファイヤーランスとウォーターランスが放たれた。

Dランク並みの冒険者であれば、この攻撃でリタイアするほどの怪我《けが》を負うかもしれない。

だが、ルウナはスピードに特化した狼人族。人族と比べれば身体能力が高い。

しかも彼女は、そんな狼人族の中でもトップクラスのスピードを誇る。

そんな瞬足の冒険者に、何の工夫もない中級魔法と初級魔法が当たるはずもなく、あっさり躱《かわ》されてしまう。

ルウナは躱《かわ》した瞬間に、即座に風の魔力を足に集めて蹴りを放つ。

その旋風脚をモロに食らった二体のメイジは、体が真っ二つに斬り裂かれた。

「「……ッ!!」」

あまりにも一瞬の攻撃に、メイジ二体は自分が斬り裂かれたという感覚はなく、ある意味運よく死ねたと言えるかもしれない。

まだまだルウナに襲いかかるオークやゴブリンはいたが、相手が上位種であったとしても、ルウナはそれをものともせずに敵の攻撃を躱《かわ》し、武器ごと粉砕して命を刈り取っていく。

そんな時間が一分少々続き、ルウナの周りには一体のオークだけになった。

「さて、さっきまでのオークやゴブリンたちは全く歯応《はごた》えがなかったが、お前はそんなことはないよな。そうだろ、オークジェネラル」

ルウナの視線の先には、この討伐戦で戦いたいと思っていたオークジェネラルがいる。

このオークジェネラルは、先程までは欲望にまみれた目をしていたのに、今は明確な怒りを宿していた。

彼はとても仲間思いだったから……ではなく、単純に自分が従えていた者たちが全て殺されたことに対して怒っていたのだ。

冒険者たちからすれば、逆恨《さかうら》みに感じられるが、魔物にそんな思いは関係ない。

今のオークジェネラルには、目の前のルウナを蹂躙《じゅうりん》することしか頭にない。

そして、この怒りがオークジェネラルにとって幸運にも……いや、ある意味不運なのだが……彼を成長させようとしていた。

己の力が増していることに気づいたオークジェネラルは、これなら狼人族に勝てると思い、力の限り雄叫《おたけ》びを上げて、ルウナに襲いかかる。

その勢いは悪くない。高揚する気分に乗って攻撃するという判断は、間違いではない。

ただ、オークジェネラルは一つ大きな勘違《かんちが》いをしていた。

たとえ身体能力が上昇しようとも、オークジェネラルがルウナに勝てる確率はゼロに近い。

さらにルウナは、オークジェネラルが成長していることに気づいている。

そう……気づいているにもかかわらず、笑みを浮かべているのだ。

オークジェネラルが冷静な判断を下《くだ》せる状態であれば、その異常さを察知したのだが、自分の力に酔っている今、迫る恐怖に全く気づいていない。

「さあ、どこからでもかかってこい、オークジェネラル」

「ブモオォォオオオオオーーーーーーッ！！！」

全力で走るオークジェネラルは、勢いに乗ってルウナにタックルをぶちかまそうとする。

しかも、身体強化のスキルを使用しているだけではなく、全身に魔力を纏《まと》ってもいる。

その巨体から放たれる突進は、ルウナも無防備な状態で食らってしまったら少々まずいはずだが……

「ふん!!」

ルウナはその細い腕で、オークジェネラルのタックルを止めてしまった。

まさかの結果に驚くオークジェネラルだが、もう一度力をこめて押し飛ばそうとする。

しかし、ルウナはその努力を笑い飛ばすかのように力を緩《ゆる》め、飛びのいた。

全身全霊の力をこめて押し飛ばそうとしていたオークジェネラルに、勢いを一気に殺すか、方向転換して転ぶのを防ぐような器用さはなく……そのまま地面に顔から突っ込んでしまった。

「ブモガッ!?」

そんな無様《ぶざま》に転ぶオークジェネラルの様子を見ているルウナは、冷静に相手の状態を分析していた。

（ふむ……やはり成長した直後、または成長しかかっている状態では、魔力を纏《まと》うことによる身体強化はまだまだ粗削りになってしまうか。そもそも、魔力操作が苦手なのかもな。まあ、オークやゴブリンの集団……いや、魔物同士でお互いの力を向上し合うなどといった行動はとらなそうだし、

そこまで期待するのが、そもそも駄目か）

魔物は人のように、同族と切磋琢磨《せっさたくま》するようなことはほとんどない。そしてルウナが期待外れと感じた通り、このオークジェネラルは特に今まで訓練したことはなく、実戦だけでジェネラルへと成り上がっていた。

（はーーー。これなら昇格試験のときに、スケイルグリズリーとの戦闘を、ゼルートに無理矢理にでも代わってもらえばよかったかもしれないな）

オークジェネラルに対しての不満が漏れる漏れる。

オークジェネラルは、自分が侮《あなど》られていると本能的に感じ取り、立ち上がって得物の大剣でルウナに攻撃を仕かける。

だが、ルウナは嘆息し、ひらりと斬撃を躱《かわ》す。

それから、彼女にとって不毛なやり取りが何度か続く。

成長したオークジェネラルと考えれば、もう少し接戦になってもおかしくないのだが、オークジェネラルの攻撃方法に問題があった。

成長したことで身体能力が上がり、体や武器にも魔力を纏《まと》って攻撃ができる。だが、それでも予備動作が大きすぎるので、攻撃が簡単に読まれてしまうのだ。

それに、身体能力が上がったとしても、ルウナにスピードで敵《かな》うわけではない。

「よっと」

全力で横に振るわれた大剣を屈んで躱《かわ》し、回し蹴りを腹にぶち込むと、オークジェネラルは気持ちいいほど吹っ飛んだ。

まるで相手にならないオークジェネラルに、ルウナはため息をつきながら、最後の挑発をする。

「ふーーーっ、全くもって期待外れだな。おい、オークジェネラル！　勝ちたかったら……生き残りたかったら、死ぬ気でかかってこい!!　私は次の一撃でお前を殺す」

ルウナの言葉に、オークジェネラルは恐怖で震えた。敵の言っていることの半分ぐらいはわからない。

だが、本能が告げる……自分はあの獣人に殺されると。

その瞬間、オークジェネラルの中から、成長した直後に得ていた自分の力に対しての自信や傲慢《ごうまん》さは全て消えていた。

逃げたいと思っている。本能も野生の勘《かん》も、オークジェネラルに逃げるんだと伝える。しかし、それができない理由が二つあった。

一つ目は、ルウナがオークジェネラルよりも圧倒的に速いので、背を向けた瞬間に殺される。

二つ目は、今まで無駄に膨れ上がってきたプライドが、警告を無視し、逃げようとしない。

逃げようとしても絶対に追いつかれて殺される。そして、無駄なプライドはそもそも退避を許さない。

それなら……それならいっそ、そのプライドに従おうと、オークジェネラルは覚悟を決めて最後の一撃に懸ける。

まだ残っている魔力のほとんどを得物に纏《まと》わせる。そして大剣術のスキル技……粉砕を発動させる。

斧術のスキル技にも同じ技があり、効果も同じで、文字通り相手を粉砕する技だ。

だが、その裏に欠点もある。

威力が高すぎるがゆえに、反動で自分にも少々ダメージが飛んでくるのだ。

体が万全の状態であれば、一度放った程度で戦えなくなることはないが、既にオークジェネラルはルウナから受けた攻撃によりボロボロだ。

次の攻撃で仮にルウナを打ち破ったとしても、粉砕の反動で体がさらにボロボロになる。

そうなれば、残りの冒険者から逃げるのは不可能だ。

そこまでわかっているのかは不明だが、それでもその状態から粉砕を放とうとすることに気づいたルウナは、先程までのつまらなそうな表情を一変させ、獰猛《どうもう》な笑みを浮かべる。

「なんだ……やればできるじゃないか!!　そうだ！　その一撃に、お前の全てを懸けろッ！！！」

ルウナは右手に炎を纏《まと》い、自分で生み出したオリジナルの技を発動させる。

ただ、周囲の冒険者の迷惑にならないように、威力は抑えている。

「ブモモォォオオオァアアアアッ！！！！！」

「炎狼拳《えんろうけん》ッ！！！！」

文字通りオークジェネラルの命を懸けた一撃と、ルウナの炎狼を纏《まと》う拳がぶつかり合った。

砂煙が起こるほどの衝撃。

オークジェネラルが放った粉砕は、紛《まぎ》れもなく高威力だったが、それでも遥《はる》か高みにいるルウナの一撃には敵《かな》わなかった。

「ふむ、まさに死を賭《と》した一撃と言えるな。最後の一撃はなかなか満足できたぞ、オークジェネラル」

「ブ、モオオ、ォォ……」

ルウナが繰り出した炎狼拳は、オークジェネラルの大剣を砕き、腹部を大きく抉《えぐ》った。

再生能力など持っていないオークジェネラルは、体の大部分の器官がなくなったことにより、静かに絶命した。

オークジェネラルを倒したルウナは、最後の一撃には満足していた。しかし……

「ん～……最後の一撃は確かによかった。よかったんだが……やはりもう少し戦いたかったな」

ルウナが戦ったオークジェネラルは成長したが、その力を完全に引き出せたわけではなかった。

身体能力だけを考えれば、他のオークジェネラルに比べて明らかに上だったのだが、それ以外に特筆すべき点はなかった。

だが本来なら、身体能力の向上以外にも、何かしらの変異があるのが一般的だ。

ゼルートが昇格試験のときに戦ったスケイルグリズリーだけでなく、他にも確認されている成長した魔物は、本来覚えるはずのないスキルや魔法を使用している。

だから、このオークジェネラルも何かしらの能力を得るはずだったのだが……得る前に倒されてしまった。

「やはり、私もキング種と戦ってみたいな……ゲイルに頼んでみるか？　いや、あいつは確か強いやつと戦うのが目的でわざわざ来たはずだったから、やっぱり無理だろうな」

ゼルートならなんとかなるか？　と一瞬思ったものの、彼の態度のせいでつい忘れてしまいがちだが、形式上自分はゼルートの奴隷であることを思い出した。

結局、主《あるじ》の楽しみを奪うのはよくないと思って断念した。

「ふむ、仕方がない。どうやら他の連中も片づきつつある。ゼルートは例の馬鹿者たちを潰《つぶ》しに行くようだな。よし、ゼルートがゲイルに指示したように、私も助けを必要とする冒険者のところに行くか」

ルウナは、あくまでも討伐ではなく援護だと自分に言い聞かせ、他の冒険者のもとへと向かう。

◇

「ゼルートもルウナも血の気が多いわね。まっ、冒険者としておかしいことではないのだけれど」

オークとゴブリンの群れに向かって突っ込む仲間の姿に、アレナの口からは少々年寄りな言葉が漏れる。

「さて……本当に、こいつらの女を見る目は嫌いだわ」

保護者のような目でゼルートやルウナを見ていたときとは全く違う、凍《い》てつくような氷の目でオークとゴブリンたちを睨《にら》む。

過去に、オークやゴブリンたちに慰み者として扱われたことはなかった。

だが、そういった末路を辿《たど》ってしまった女性を何度も見たことがある。

相手が自分たちとは違う種族であろうと、性別はある。そして、子を残そうとする行為もわかる。

だが、なぜその魔物とは違う人族やエルフ、獣人族の女性が被害に遭《あ》わなければならないのか……全く理解できなかった。理解したくもない。

「あなたたち……全員生きて逃げられると思わないことね」

そう言った瞬間、アレナはオークとゴブリンが目で追えない速度で移動し、魔力を纏《まと》った長剣で五体同時に一刀両断した。

メイジやアーチャーたちは、急いで遠距離から攻撃しようとするが、動作を行う前に意識が途切れた。

「ファイヤースピット!!」

アレナが詠唱破棄で唱えた魔法、ファイヤースピットは、ファイヤーランスの五分の一ほどの大きさだが、その分速度は上で、あっさり彼らの脳天を貫いた。

脳を貫かれた魔物たちは当然生きてはいない。他の魔物たちは、仲間がほんの少しの間に次々と殺されたことにより焦《あせ》りを感じて、一斉に襲いかかった。

「単純ね」

襲いかかってくるオークとゴブリンたちに、アレナはウィンドカッターを唱え、同時にその応用であるウィンドサークルを放ち、胴体を斬り裂く。

生き残った魔物たちは、さすがに勝ち目がないとこの場から逃げ出そうとするが、それをアレナが許すわけがない。

「ファイヤーウォール」

魔物たちの前に火の壁が現れて、行く手を阻《はば》む。

そしてアレナは、いつもの明るい声とは違う、低く重い声で、オークとゴブリンたちに告げた。

「さっき私は言ったはずよね。生きて逃げられると思わないでよねって。私はゼルートやルウナとは違って、あなたたちとの戦いを楽しむつもりはないから……これで終わらせてあげるわ」

自身の腕と長剣に、雷を纏《まと》いはじめる。

「エレクトロスラスト!!」

残っているオークとゴブリンたちに向かって、目にも留まらぬ雷の突きが繰り出される。

放たれた突きは、敵の脳や心臓を的確に貫いていく。

心臓が体の中に複数存在する魔物もいるが、オークやゴブリンはそんな特異な体質を持っていない……だから、抵抗できずにあっさり死んだ。

死体となった相手に、アレナは最初と変わらぬ絶対零度の目を向けていた。

「せいぜい、あの世で自分たちの行いを後悔することね」

オークとゴブリンが完全に死んだのを確認したアレナは、ゲイルやルウナと同じように、助けを必要としている冒険者を探しに行く。

◇

戦いが始まってから、ゲイルは少しの間だけゼルートたちの戦いぶりを見ていた。

「うむ、さすがゼルート様だ。常に自分に負荷をかけているにもかかわらず、さらに負荷をかけるとは……常に自分を高めることを怠《おこた》らない方だ」

ゼルートにも半分くらいはそういった考えがある……かもしれないが、もう半分はただ単純に戦いを楽しむためだった。

「それに、ルウナ殿とアレナ殿もいい腕だ。まだゼルート様からの教えをほとんど受けていないのに、あの強さ。ゼルート様もいい女性をそばに置かれている」

ゲイルは七年ほどゼルートの指導を受けて強くなったが、希少種という稀有《けう》さを除いても、リザードマンとしてあり得ないほどの力を手に入れた。

だが、アレナとルウナは違う。二人とも確かな才能を持ち、そして努力を続けてAランク級の実力を手に入れた。そこにゼルートの技術が加われば、さらに強くなるのは間違いない。

二人のことを大体知ったゲイルは、安心感を得た。

彼としては、容姿がよく、実力があったとしても、性格が屑《くず》で性根が腐《くさ》っている者がゼルートのそばにいるのが我慢できない。

「ただ……同じ魔物としては、アレナ殿に葬《ほうむ》られているオークたちが可哀《かわい》そうと思わなくもない。だが、やはり人族の女性からすれば、忌《い》み嫌われる存在か」

ゲイルは元から持っていた強さゆえに、ゴブリンやオークに対して恐怖を感じたことはないが、彼ほど強くない女性にとっては生理的にアウトな魔物だ。

「こいつらは人族やエルフ、獣人族の女性を容赦《ようしゃ》なく襲うからなあ……おっと、少々時間が経ちすぎたな。助けが必要な冒険者を探しに行かなければ」

ゼルートから頼まれた仕事を遂行《すいこう》するために、窮地《きゅうち》に立っている冒険者がいないか探しに行く。

探すこと一分弱、オークに苦戦している冒険者たちを発見した。

三人組で、男が二人と女が一人のパーティー構成だ。

剣と斧を使う前衛と魔法使いの後衛、といった感じでオークと戦っている。

単純に見ると、三対一で簡単に倒せそうに見えるが、そうはいかないのは、やはり元々の身体能力にプラスして、レベル差による力の上昇差があるからだろう。三人組は全員がEランクだった。

ただ、魔法使いによる強力な一撃を、切り札として持っている。

苦戦はしているが、そうそうあっさり負けるような様子でもない。ゲイルはすぐに助けるかどうか躊躇《ためら》った。

まだEランクなのに今回の討伐に参加したということは、自分たちの実力に自信があるのか……それとも、金銭的に余裕がないから大金を手に入れるために参加したのかのどちらかである。

倒した魔物の権利は、最終的にとどめを刺した者が得る。

それを考えると、無断で戦いに割って入るのはよろしくない。

ゆえに、ひとまずゲイルは、三人組の冒険者に確認を取る。

「おい、そこの三人組。助けはいるか」

突然自分たちに向けられた声に驚き、一人がゲイルの方を向いてさらに驚く。

「な、なんでリザードマンが今ここにいるんだよ!?　というか、あいつ人の言葉を喋《しゃべ》ったぞ!?」

「バ、バカ!!　あのリザードマンはゼルートっていう少年の従魔だ！」

「ど、どどどうしたらいいの、デイズ！　ガノン！」

いきなり登場したゲイルに困惑する三人。そんな三人の反応を見て、ゲイルは少々悩む。

(ふ～む、突然のことで慌《あわ》てているな。まあ、私もいきなり上位のドラゴンが現れたら反応に困る。
さて、とりあえずもう一度だけ、助けが必要か聞いてみるとしよう)

周囲から戦闘音が鳴りやまない中で、三人にしっかりと聞こえる声で尋《たず》ねる。

「もう一度聞こう、助けはいるか‼」

手斧を使ってオークと戦うデイズは、自分たちのリーダーであるガノンに相談する。

「おい、ガノン！　どうする‼　正直このままだと厳しいぞ‼」

「くっ！　確かにそうだな。こんなところで死ぬぐらいなら……おい、そこのリザードマン！　手を貸してくれ‼」

ガノンからの応援要請に、ゲイルはすぐに応《こた》える。

「わかった」

そう短く呟《つぶや》くと、その場から駆け出して、あっという間にオークの腹を長剣で斬り裂いた。

「ブモモオ、ォ……」

三人組が戦っていたオークは、たった一撃で命を落とした。

「「「えっ？」」」

ゲイルにとっては普通に動いて普通に斬っただけなのだが、Eランク冒険者である三人には、ゲイルがどうやってオークを倒したのか全く見えなかった。

それでも、目の前のリザードマンが倒したということだけはわかる。

ゲイルがゼルートの従魔だとわかっている三人は礼を述べた。

「あ、ありがとう。危ないところを助けてもらって、えっと……」

「ゲイルだ」

「ゲイル……さんだな。改めて、俺たちを助けてくれてありがとう」

人の言葉を喋《しゃべ》れるとはいえ、普通は従魔をさん付けで呼ぶことはまずない。

しかし、圧倒的な年上感を出すゲイルに対して、ガノンはついさん付けで呼んでしまった。

「本当に助かったぜ、ゲイルさん！」

「あ、ありがとうございます!!」

デイズたちもゲイルに頭を下げて感謝の意を伝える。

それに対してゲイルは短く返す。

「気にすることはない、主《あるじ》に頼まれただけだからな」

まさかの内容に三人は驚く。ゼルート自身が悪さを行《おこな》ったという話は聞いたことがないが、彼に関わった連中はみなボロカスに潰《つぶ》されているという話は聞いており、多少の怖さを感じていた。

だがゲイルの言葉で、三人のゼルートに対するイメージが変わった。

ただ、そこで自分たちにとって大事な件を思い出す。

「そ、それであのオークのことについてなんだが……」

「ああ、あのオークなら、お前たちが先に戦っていたんだ。お前たちが全部持っていけ」

「えっ！　あ、その……それはありがたいんだが、ゲイルさんはそれでいいのか？」

ガノンの単純な問いに、ゲイルは事情を軽く説明する。

「先程も言ったが、困っている者を助けてやってくれと主《あるじ》から言われ、それを実行している。だが、倒した魔物の素材に関しては何も言われていない。だから、お前たちがそのオークの死体をどうしようとも、私やゼルート様にとって特に問題はない」

それを伝えると、ゲイルはまた困っている冒険者たちを探しに行った。

「……ゲイルさんも、ゼルートってルーキーも、凄《すご》いんだな」

何はともあれ、助けられたことに変わりはない。

だから三人は、今度街でゲイルとゼルートを見かけたら必ず酒を奢《おご》ろうと思った。

ゲイルが冒険者たちの援護を始めてから、十分ほどが経った。

「ふむ……どうやら今回の依頼には、ルーキーではないにしても、力量が不十分な冒険者が多いようだな」

確かにオークやゴブリンの数は多い。だが、冷静に戦えば通常種は勝てない相手ではない。

上位種に苦戦する、負けそうになるのは仕方ないが、通常種に押されているというのは、ゲイルには理解できない。

(望まぬ形で戦うことになったのなら、通常種相手でも苦戦するのはわかるが……やはり、ゼルート様のように色々と考えて行動している冒険者は少ないようだな)

ゼルートは、自分に小細工は必要ないが、以前こんな道具を使えば戦いを有利に進められるのではと、ゲイルたちにアイデアを話したことがある。他の者もそうやって日々どう戦うか考えているものだと考えていたが、違ったらしい。

「強欲な者は、己の実力と現実を理解しようとせず、戦い続ける……欲が深いとは怖いものだ。それだけの欲があるのなら、それを強くなることに向けられればいいのだが……」

　ゲイルの考えはもっともだが、強欲な者の大半は基本的に努力せず楽に稼ぎたいという思考が強い。

　ゲイルが助けようとした冒険者の中には、オークやゴブリンの上位種を相手にし、ボロボロになっているにもかかわらず、助けられたら魔物の素材や魔石を取られると思い、助けを拒否する者もいた。

　ゲイルは、自分が倒しても魔物は必要ないと言おうとしたが、冒険者は基本的に自己責任だということを思い出し、何も言わずその場から離れた。

　その冒険者たちは、後に自分の判断と強欲さを後悔しながら、断末魔の叫《さけ》びを上げることになる。

「あまり私には理解できない考えだな……死ねばそこまでだというのに」

　ゲイルにとって、ゼルートの役に立つことや、自分と同じ従魔たちとともに冒険することこそが幸せであり、欲が深すぎる冒険者の気持ちは全くわからなかった。

　大半のオークやゴブリンを倒し終えた後、まだ今回の群れの親玉が姿を現さないので、ゲイルは探し出すことにした。

◇

「さてと……あのアホどもを始末するか」

自分に向かって襲ってくる敵を倒し終えたゼルートは、自分を狙っている馬鹿どもをどう始末するのかは既に考えているので、行動に移すことにした。

「ここら辺でいいか」

大乱戦の戦況から少し離れた場所に移動する。

すると、ゼルートを狙っている馬鹿たちもしっかりとついてきていた。

(この木でいいか)

ちょうどいい木を見つけ、根元付近に腰を下ろしてもたれかかる。

「はーーーー、さすがにちょっと疲れたな」

それっぽいセリフを吐《は》き、仮眠を取るふりをする。

馬鹿冒険者どもは、ゼルートが数分ほど動かないのを確認しただけで、本当にターゲットが依頼の討伐の最中に寝たのだと確信した。

彼らの中にはゼルートの予想通り、ギルドに行った初日にボロカスにしたCランクの冒険者——デブルがいた。

デブルは寝ているゼルートを見て、欲に塗《まみ》れた笑みを浮かべる。

「はっはっは！　馬鹿なガキだぜ。調子に乗って仲間のもとを離れて、誰も来ねえ場所で仮眠を取るなんてよ」

「デブルの言う通りだ。少し強いからって調子に乗っているルーキーほど、馬鹿な行動を取るよな」

「ふふふ、あの子も運がないわね。まっ、私たちはいい思いができるから、せいぜい抵抗せずに死んでほしいものね」

「へへ、中に入れたものの時間が止まるアイテムバッグ……売ればどんな大金が手に入るのか。考えただけで涎《よだれ》が止まらねぇぜ」

四人の馬鹿パーティーは、自分たちが返り討ちに遭《あ》うなど、一ミリも考えていなかった。

（……おいおい、たかが数分程度で寝てるって決めつけるのかよ。寝てるふりをしてるって考えないのか？）

目を閉じながらも頭は完全に覚めているゼルートは、彼らの頭の緩《ゆる》さにため息が出そうになる。

ただ、この四人はゼルートが仮に起きていたとしても、全員で戦うなら勝てると思っている。

この後……自分たちの愚かさを存分に後悔することになるのだが、今だけは永遠に訪れない未来の妄想《もうそう》を続けていた。

そして四人はゆっくりと足音を出さずに一歩一歩、ゼルートに着実に近づいてくる。

（足音の消し方は上手いな。忍び足のスキルを持っているのか、それとも……こういった奇襲に慣

れているかのどちらか……おそらく両方だな)

その予想は当たっていた。そういう連中なのである。

「ここら辺か」

ゼルートより十メートルほど手前で足を止める。

「よし。頼んだぞ、ダード」

「ああ、任せておけ。我が魔力よ……」

デブルにダードと呼ばれた魔法使いは、ファイヤーランスの詠唱を始める。

離れた位置からダードの詠唱に気がついたゼルートは、ファイヤーランスの対処について考えはじめる。

(どうするかな……ファイヤーランスぐらいなら簡単に対処できる。弾き返すことだってできるが……できれば逃がさず地獄を味わわせてやりたいからな……よし、この案でいくか)

ちょうどゼルートの作戦が決まった瞬間、ダードの詠唱も完了した。

「……ファイヤーランス！！！」

ダードが放ったファイヤーランスは、ゼルートを目がけて一直線に飛んだ。

そのままファイヤーランスはターゲットに直撃し、ゼルートは炎に包まれた。

「いよっしゃあああ！！！　余裕かましてる割には大したことなかったな」

「ああ、まったくだ」

「ふふ、いい感じに焼きあがってるわね」

「へっへっへ、早く焼き死ねぇかな」

三分後、死体は完全に焼け、顔は誰だかわからない状態になっていた。

そして、四馬鹿の中で盗賊の役割を果たしているルーチという女が、ゼルートに近づいていく。

「本当に馬鹿な子ね。目立たず大人しくしておけばよかったのに」

小馬鹿にするように笑いながらゼルートに近づくが、途中で違和感を覚えて足を止めた。

死体をよく見ると、体の大きさがゼルートと全く違っていた。

「ちょっと待って、これってあの子とは……」

炎に包まれた瞬間に、木の陰に隠れたゼルートが頷《うなず》いた。

(正解だ。俺のじゃなく、この前倒した盗賊の死体の一つだ。万が一を考えて、一つは持っていたのが役に立ったな)

ルーチが何かを言い終える前に、その両手と両足が斬り裂かれた。

「え……いやあああああ！！　わ、私の腕が、足が……う、あああ、が、うああああっ!!　な、なん……で、腕とあ、足を斬られたのに、私はい、いぎでるの!?」

ルーチが痛みに耐えながら吐《は》き出した言葉に、無傷の状態で姿を現したゼルートが答える。

「そりゃ焼き斬ったからに決まってるだろ」

当然のように言い放つゼルートに恐怖を覚えるルーチ。

（いや、正直なところ本当はわからないんだけどな。焼き斬ったら表面が焼けて固まって血が出なくなると思ってやってみたんだが……案外上手くいったな）

死にはしないが、体を焼き斬られたことで発生する激痛が消えるわけではない。

「ね、ねえ。お願いだから、私は見逃して、よ。で、デブルに言われて乗っただけなんだ。だ、だから……」

ルーチは自分が助かりたいがために、プライドをポイッと捨てて、ゼルートに許しを請う。

だが、ゼルートは相手がまともに動けない状態でも容赦《ようしゃ》はしない。

「悪いな。お前を……お前たちを許す気はこれっぽっちもない。それで、これは俺の考えなんだが……俺に喧嘩《けんか》を売ってくる相手は半殺しまでにしてやるって決めているんだけど……ガチで殺しに来るやつは容赦《ようしゃ》しない、殺すことにしてるんだよ」

淡々と述べるゼルート。そしてその言葉を突きつけられたルーチは、自分の首に死神の鎌が当てられているような錯覚《さっかく》を覚える。

（な、あ、ああああ、ぁ）

焼き斬られたことで体が熱いはずなのに、冷や汗が止まらない。

本能が叫《さけ》んでいる。次の攻撃で自分は確実に死ぬと。動いて逃げなければ命はない。

動かなければ……目の前の死からは逃れられない。

だが、ルーチはなけなしの気力を振り絞《しぼ》り、仲間に助けを求めた。

「デ、デブル！　みんな!!　お願い、助けてよ　私たち仲間でしょ、私が持っている全財産をあげてもいいから、お願い……助けてっ！！！！」

Cランク冒険者の全財産、それは贅沢《ぜいたく》をせずに暮らせば、一年は余裕な額だ。

普段のデブルたちなら、相手が自分たちより多少強くても、喜んで敵に突っ込んでいくだろう。

しかし、彼らもルーチと同じように、ゼルートが平然とした表情で告げた言葉に恐怖を感じ、すぐに動くことができなかった。

普段なら「クソガキが、なに生意気なことを言ってるんだ」と思うところだが、今のゼルートから漂う空気は、ルーキーのそれではない。

何度も死戦を潜り抜けてきた冒険者のそれだった。

「ふっ、あいつらはお前を助けたくないってさ。薄情な仲間だな。でも安心しろ、すぐに同じ場所に連れていってやるからさ」

そう言うと、ゼルートは鞘《さや》から長剣を抜いて、上段に構える。

それを見たルーチは、無理だとわかっていても、何度も命乞いをする。

「お、お願いします！　お願いします！！　き……あ、あなたの奴隷にでもなんでもなるから、命だけは、どうか命だけは――――」

「後悔するなら、お前の軽はずみな行動を悔やめ」

その言葉を最後に、ゼルートは長剣を振り下ろし――ルーチの体は真っ二つに斬り裂かれ、崩れ落ちた。

　たった一瞬、たった一撃で、自分たちの仲間が真っ二つになる様子を見たデブルたちの行動は素早かった。

「に、逃げろおおおおおおお！！！！！」

「ば、化け物だあああああああ！！！！」

「ひ、ひいいいいいいいいい！　な、なんでだよ、ルーキーじゃなかったのかよ！！！」

　猛ダッシュで駆け出した。

（……馬鹿か、あいつら）

　テンパりすぎたらしく、残りの三人は逃げるために身体強化を使っていなかった。

　だから、ゼルートが三人を捕まえることは容易であり、時間もかからない。

「逃がすわけないだろ、アースウォール」

　詠唱破棄で魔法を発動させると、三人を逃がさないように巨大な大地の壁が出現する。

　厚さは五十センチ、高さは十メートル。

　一般的な魔法使いが発動できるアースウォールの四倍ほど大きい。

　三人はアースウォールを壊して外に出ようとするが、ゼルートお手製のそれはそう脆《もろ》くはない。

「な、なんて硬さなんだ!!」

「こ、こんなの普通のアースウォールじゃねえよ!?」

「ふ、ふざけるなあああ!!　ここから出せええええ！！！」

大地の檻《おり》から逃げ出すことができない三人は吼《ほ》え続けるが、そこでゼルートが彼らへ死の宣告を言い渡す。

「安心しろ。すぐにあの……ルーチだったか。仲間のもとに仲よく送ってやるからよ」

目の前の死神が命乞いに耳を全く貸さないとわかった三人からは、徐々に恐怖が消え、ゼルートに対して怒りが湧《わ》き上がってくる。

「我が魔力よッ！！！」

ダードが攻撃魔法の詠唱を始めようとした瞬間、視界からゼルートの姿が消えた。

「なっ、どこに行った!?」

「ここだよ」

後ろから聞こえた声に反応して振り向くと、目に映ったのは無数の風の刃だった。

「ウィンドカッター」

容赦《ようしゃ》なく風の刃をダードに放つ。数は二十近くあり、避ける隙間《すきま》が全くない。

（こいつ、さっきも思ったが、魔法を詠唱破棄で……そんなの反則だろ！！！）

高等技術に分類される詠唱破棄。

ただ、ダードは努力次第でできるようになる並行詠唱すら会得していない。

そんな男が近距離から迫る風の刃を対処できるわけがなく……声を上げる暇もなく、体を斬り裂かれてしまう。

デブルともう一人の男は思った。

また……また目の前で仲間が一瞬で殺されてしまった。

殺された技は辛《かろ》うじてわかった。だが、それでもゼルートが視界から消えた動きを追えていなかった。

それがわかってしまった時点で、もう一度思い知らされてしまう。

目の前のルーキーは自分たちより強い。

一流と呼ばれるCランクにまで上り詰めた自分たちでも全く敵《かな》わない。

それをもう一度無理矢理叩《たた》き込まれた二人の中から、怒りの感情はしぼんでいった。

そして……意味がないとわかっていても、頭を下げて許しを請う。

「な、なあ。悪かったよ。本当に出来心だったんだ。だ、だからな、い、命だけは勘弁《かんべん》してください！！！」

「お、俺もだ。本当に悪かった。こ、これからはこんなこと一切しねえから頼む、頼みます！　命だけは!!」

二人は地べたに頭をこすりつけて謝る。

完全に無駄なプライドや自尊心を捨てて、助かりたい一心で土下座しながら謝り続ける。

この世界に土下座という言葉は存在しない。

だが、頭を地面につけて相手に謝るということは、自分は完全にあなたより下ですと証明しているのに等しい。

二人はまだ新人冒険者だった頃、先輩冒険者によく頭を下げていたが、それでも地面に頭をつけて謝ったり、何か頼みごとをすることはなかった。

プライドや自尊心は確かに捨てたが、ゼルートへの怒りが完全に失われたわけではなく、ゼルートの位置からは顔が見えないのをいいことに、汚い表情を浮かべている。

ゼルートは心を読めるスキルを持っていない。だから、二人が何を考えているのか……本当に反省しているのかはわからない。

しかし、自分に向けられている感情の種類なら大体わかる。

（は～～、こういうときぐらいは本当に反省するのかと思っていたけど……どうやら全く反省していないみたいだな。まだ俺に敵意を向けてるし）

ただ……そもそもな話、ゼルートはデブルたちを許すつもりが一切なかった。

「俺は少し前に、俺を殺しに来るやつは魔物と一緒で、例外を除いて殺す……みたいなことを言ったよな。とりあえずさ、そんなみっともないことはしなくていいから、さっさと死ぬ覚悟でもしたら」

ゼルートは感情を包み隠さずに、自分の考えを述べる。

この言葉に気の短い二人はプッツンとキレてしまい、敵《かな》う相手ではないと頭ではわかっていても、ゼルートに向かって襲いかかった。

「ふざけるなよクソガキがぁぁああああ！！！　ぶっ殺してやるッ！！！」

「いつまでも調子に乗ってんじゃねぇぞぉぉおおおおッ！！！！」

明らかに自業自得なのにもかかわらず、清々《すがすが》しいまでに逆ギレするデブルたちの考えが、ゼルートには全く理解できない。

（なんでこいつらは、ほんの少し前に自分たちの仲間が俺に瞬殺されたのを見ても、こんなに強気な態度を取れるんだ？　あれか、恐怖で頭がおかしくなったってやつか？　それなら納得できるな）

恐怖で頭がおかしくなる。起こり得ない話ではない。

（にしても、本当にこいつらはバカだな。これ以上歯向かわずに潔く死を受け入れるなら、一撃で殺してやってもよかったのに……全然反省していないみたいだな、マジで）

わかっていた事実だが、ここまで態度に出されれば、さらなるお仕置きが必要だろう。

デブルは長剣を、もう一人は槍を手にしてゼルートに襲いかかるが……武器はゼルートの斬撃によって潰《つぶ》され、使い物にならなくなる。

ただ、二人はゼルートの斬撃を目で追えておらず、目の前を何か線のようなものが通ったとしかわからず、自分の武器が壊されたことをすぐには理解できなかった。

「……なっ！　お、俺の武器が……」

「お、おい！　どうなってんだよ⁉　まだ買ってからそんなに日は経っていないぞ‼」

そんな隙《すき》だらけの二人を放置することもなく、ゼルートは無表情で斬撃を浴びせる。

「アクアカッター」

詠唱破棄で唱えられた水の刃はデブルの左足と右腕、もう一人はその逆を斬った。

二人はあまりの痛さに子供のように大声を上げて転げ回る。

「なあああああっ、痛てぇよおおおおおおお！！！！！」

「あああああ、お、俺の足が、腕がっ、ぐあああああああ！！！！！」

もはや二人は、芋虫《いもむし》のように這《は》いつくばることしかできない。

ゼルートは、本当ならもっと痛みを与えようと思っていたが、そんな状態の二人を見てしまうと、そのような感情は消え、むしろ憐《あわ》れみさえ生まれていた。

(ああ……よくよく考えれば、こいつらに自分と相手の実力差を感じ取る力がなかったから、こんなことになったんだよな。いや、でもこいつらは、前から裏でコソコソと新人を虐《いじ》めていたかもしれないし……もうこいつらのことを考えるのはいいや。時間の無駄だ)

死体が残らないように全て消そうと決めた。

「まあ……あれだ、もし来世があるなら、そのときは真っ当に生きろよ。これで終わりだ」

その言葉を最後に、ゼルートは長剣で二人を細切れにした。

もちろん、二人はゼルートの動きを目で追えておらず、自分が斬られたという感覚すらなく……

あの世へと旅立った。

「さて、馬鹿な冒険者の始末も終わったし、とっとと燃やして戻らないとな」

細切れに斬ったのでアンデッドとしてよみがえることはないが、伝染病の原因になることはある。だから、しっかりと遺体を燃やした。

「これで問題なし、だな。それじゃ……そろそろメインディッシュを探すとするか」

ゼルートは数分ほど周辺を見回り、一つ怪しい方向に全力で殺気を向けた。

そして一旦仲間のもとへ戻り、アレナたちに今回の結果を伝える。

「俺のところは普通のゴブリンと上位種がそこそこいたけど、やっぱり大差なかったな。オークに関してはDランクの魔物だから多少力はあっても、速さでは全く俺についてこれてなかったから、いまいちだ。でも、最後に戦ったオークジェネラルは楽しめた……と、思う。最後の最後に放ったダッシュブレイクは意外といい威力が出てたしな」

オークやその上位種が相手だと考えれば悪くない戦いだった、というのがゼルートの感想だった。

「私の方は、ゴブリンについてはゼルートとあまり変わらないな。オークも力はあるが、速さが足りない」

ルウナとゼルートは、二人ともステータスではスピードが特に飛び抜けているので、並みの魔物では当然ついていくことができない。

「だが、ある程度の戦闘経験があるからか、ずる賢くはあったな。それと、最後に戦った私の方のオークジェネラルは当たりだったと思う。途中で成長した」

「へ～～～、それはなかなかラッキーだな」

「ああ、そうだな。ラッキーだった。だが……戦いの最中に成長したからか、その力を全て出し切れていないように思えた」

「なるほど。確かに、突然得た力を完全に扱えるようになるには、多少の時間が必要だな」

成長したオークジェネラルとの戦いにそこそこ満足していたルウナだが、相手が成長で得た力を完全に引き出していれば、より満足できたのは間違いない。

「しかし最後の一撃……粉砕という技だったか？　あれはまさに己の命を賭《と》した一撃だった。あれとぶつかり合えただけでも、今回の依頼に参加した意味はあったと思うな」

満足げに語るルウナを見て、ゼルートはやはり相手が成長するまでギリギリの戦いを続ければよかったのかと思い、一人で勝手に後悔した。

ただ、結論から言えば、ゼルートの考えは無駄に終わる可能性が高い。

ギリギリの戦いを続ければ、成長する可能性は確かにあるが、そこに辿《たど》り着くまでに魔物の魔力が空《から》になるかもしれない。

そうなれば、結局は身体能力が向上した相手と戦うだけで、面白味のある戦闘にはならない。

「え～～～っと……悪いけど、私はゼルートやルウナみたいな話はないわ。正直あいつらを見てると無性に殺してやりたくなるから、楽しむ余裕はなかったの」

アレナの表情からも、ゼルートたちはそれが本音だとわかったため、からかうような真似《まね》はしなかった。

「ゲイルの方はどうだった？」

「そうですねえ……正直に言えば、大したことはありませんでした。困っている冒険者を助けるという目的でしたので、楽しむ余裕はありませんでした」

「あーー……それは悪かった。そうだよな、とりあえず人命救助を第一優先に頼んでたからな」

ゼルートの予想ではそろそろやってくるはずなのだが、もしかしたら来ないかもしれないと不安になって、少々焦《あせ》りはじめる。

「いえ、ゼルート様が謝ることではありません。そもそも、成長しても私が満足できるかも怪しい相手ばかりだったので、お気になさらず……と、話していれば、向こうからメインディッシュがやってきました」

ゲイルと同時にその気配を感じ取った三人は、一斉に同じ方向を見た。

ゼルートは笑みを浮かべ、まるで欲しかったおもちゃを発見した子供みたいな目で、ターゲットを捉える。

「アレナ、ルウナ。周りのやつらを頼む」

「わかったわ」

「……ゼルート、今度は私にも強敵と戦わせてくれ」

「ああ、もちろんだ。ちゃんと覚えておくよ」

ルウナからの願いに軽く返答する。少々渋《しぶ》い顔になるルウナだが、これから始まる戦闘に備えて気を引き締める。

「ゲイル……待ちに待ったメインディッシュだ。楽しんでいこうぜ」

「ええ、たっぷり楽しませてもらいましょう」

ゼルートはアレナたちと合流する前に、隠れているこの敵の気配を察し、そこへ強烈な殺気を送った。その結果、敵はゼルートから逃げられないと悟ったのだ。

そして残っている部下を引き連れ、殺気の主のもとへ勝負をつけるためにやってきた。

ゴブリンの上位種を引き連れているゴブリンの王、ゴブリンキング。

オークの上位種を従えて現れたオークの王、オークキング。

ゴブリンキングは、通常のゴブリンより体が遥《はる》かに大きく、高さは二メートル以上ある。

そして基本的にガリガリなゴブリンからは考えられないほどの筋肉を持っている。

手に持っている武器も、冒険者から奪ったものであり、一目で業物《わざもの》とわかる。

一方オークキングは、他の通常種や上位種に比べて腹の出っ張りが控えめになっており、マッスルな体型だった。

高さは三メートルに達し、ゼルートと比べればまさに大人と子供だった。

巨人族ではない冒険者ではほとんどの者が到達できない高さだ。それだけで冒険者たちに大きなアドバンテージを持っていると言えるだろう。

両者とも体からは薄《うっす》らと魔力が漏れており、それだけで二体が持つ魔力量の多さが窺《うかが》える。

オークキングが持っている大剣は、どこで手に入れたのだとツッコみたくなるくらい大きい。

到底人が扱うような得物ではない。

「ふむ、お前たちが俺たちの同族を多く殺したのか」

流暢《りゅうちょう》な人語にゼルートたちは少々驚くが、ゲイルという身近な例を知っているのですぐに落ち着きを取り戻す。

「確かに俺たちはお前らの同族を殺してきたな。でも、安心しろよ。オークの肉は美味《うま》いから、最後はしっかりと食べるからさ」

特に煽《あお》るつもりはなかった。オークの肉が美味《うま》いのは事実であり、今回の討伐で倒したオークたちも胃袋に収めようと思っていた。

だがその発言は、オークキングの神経を逆撫《さかな》でする結果となった。

「貴様ああぁあああああアアアアアッ!!!!　俺がオークキングとわかっていて、そのような戯言《ざれごと》をほざいているのかあああーーーーーッ!!!!!」

自分が完全に舐められていると思ったオークキングの怒りは一気に爆発し、身に纏《まと》う魔力の量がさらに膨れ上がる。

額には大きな青筋が立っている。ゼルートの言葉で怒りが頂点に達した証拠だった。

「ああ、それぐらいわかってるよ。見た目が他のオークとは全然違うし、希少種かなって考えることもできるけど、なんて言ったらいいのかなあ……器が違うって感じかな。お前は、同族を率いる力を持っている気がするんだよ」

希少種も同族を従えて行動することはできるが、それでもやはり上に立つ者の器という部分では異なる。

「それと、俺は別に挑発したわけじゃないぞ。お前らオークの肉が美味《うま》いのは事実だ。通常種のオークであんなに美味《うま》いと感じるんだ。それならオークキングの肉の味はって考えてしまうのは、しょうがないだろ」

ゼルートの考えは、冒険者ならみんなが頷《うなず》く内容だ。

オークの見た目や習性を嫌う者は多いが、肉の味を嫌う者はほとんどいない。

淡々と事実を伝えただけ。しかし、この先には完全に挑発と煽《あお》りを含んでいた。

「俺はお前より強い。負ける要素が一切ないからな。だから……お前の肉も俺たちがちゃんと食ってやるよ」

そんなゼルートの強気な態度により、オークキングと彼の部下のボルテージはさらに上昇した。むしろ限界突破しそうである。

そして、もはや言葉は不要とばかりに得物を構える。

「殺《や》る気満々みたいだな」

ゼルートも対抗するように構え、いつでも戦えるようにする。

オークキングとゼルートが構えたのを確認したゴブリンキングとゲイルも、戦闘態勢に入る。

自分の力に絶対の自信を持っているゼルートとオークキングは、同じタイミングで駆け出した。

「殺す！！！！！」

「もう言葉は不要って感じだ、なッ！！！！」

魔力を纏《まと》った大剣と長剣がぶつかり合い、ようやくゼルートが待ち望んでいた戦いが始まった。


ゼルートとオークキングが激しいバトルを行《おこな》っている隣では、まだゲイルとゴブリンキングの戦いは始まっていなかった。

遭遇《そうぐう》した瞬間から疑問に思っていた内容を、ゴブリンキングはオークキングと同じく、人語でゲイルに尋《たず》ねる。

「貴様、なんで人間なんかの下についている？　貴様ほどの実力者ならば、誰かに従わずとも生きていけるはずだ」

ゴブリンキングの質問に対し、こいつは何を言っているんだ、という目をしながら、ゲイルは答える。

「ゼルート様がそれほどの実力者であり、器の大きい方だからに決まっているだろう。従魔になる理由など、同族を人質に取られて無理矢理といった例外を除けば、それしかないだろう」

ゴブリンキングの考えは間違ってはいない。

しかし、ゼルートがゲイルにとって尊敬に値する人物であるのもまた事実だった。

「……」

ゴブリンキングは、視線をゲイルからゼルートに移す。

確かに強い。子供であの強さは異常だ。

だが、自分たちが負けるとは思っていない。

（俺が相手では負ける可能性はあるだろうが、オークキングと一対一の勝負であれば、負けるはずがない）

唯一自分の上に立つ存在であるオークキングなら、現在戦っている子供に負けないという強さへの信頼があった。

同じキング種であっても、自分とオークキングには確かな差がある。

同じBランクの魔物ながら、そこには明確な上下関係があった。

（自分よりあそこの子供の方が強いと言っているが……嘘だとは思えないな）

自身が強敵と認めるリザードマンが、嘘や冗談《じょうだん》を言っているようには感じなかった。

もし、その言葉が事実であれば……自分たちの運命は尽きたのでは？

そう思わずにはいられない。

ゴブリンキングの中で、様々な思いが駆け巡る。

もしかすると本気で頭を下げ、許しを請えば、従魔になる形で許してもらえるかもしれない。

強い魔物につき従うことは嫌ではなかった。性格がまともであればなおさらだ。

それが人間であっても……それはそれで構わないという思いがあった。

だが……ゴブリンキングは、その選択肢を選ばなかった。

同族を率いる立場として……なによりキングとしてのプライドが、目の前の敵から逃げることを許さなかった。

「言っておくが、逃がしはしないぞ」

「ふんっ、そのつもりはない。仲間が戦っているにもかかわらず、キングである俺が逃げるわけにはいかないッ！　ゴブリンのキングとして、お前を倒すッ！！！！」

「ふむ、いい殺気だ。これなら私も満足できるだろう」

ゲイルの長剣とゴブリンキングの斧が激しくぶつかり合い、周囲に金属音が鳴り響く。

初撃として放った技は剛断と粉砕。どちらも使用者に反動が返ってくる技だが、両者にはその効果を無効化するだけの技量があり、無傷の状態である。

結果は互角だった。

身体能力の差ではゲイルの方が上回っているが、今は多少力を抑えている。そして粉砕の方が技として威力が上なこともあって、両者の力はほぼ拮抗したのだった。

ゲイルは鍔迫《つばぜ》り合いの状態から押し勝とうとしたが、本能的に危険を察知して、バックステップでゴブリンキングから距離を取る。

その反応を見たゴブリンキングは、自分の作戦通りにいかなかったことに対して舌打ちをし、顔を歪《ゆが》ませる。

ゲイルはその表情から、ゴブリンキングが手に持つ得物についてある程度の情報を得た。

（ふむ……少しばかり厄介《やっかい》だな。あの斧……いや、魔斧か。おそらく相手を何かしらの状態異常にする効果があるはず。おそらくは麻痺《まひ》、毒、睡眠《すいみん》、精神作用……は、なさそうだな。あの表情からして、近くにいなければ効果を発揮しない……ん、これは？）

自らの長剣に違和感を覚えたゲイルは、目で確認する。

「……やってくれるではないか。もう少し警戒して挑んだ方がよさそうだな」

ゲイルは持っていた長剣を捨て、腰につけているアイテムバッグから新しいものを取り出す。

新しく手に持った長剣は、鉄鉱石と魔鋼と呼ばれる鉱石を混ぜ合わせたもので、ゼルートが作っている。先程まで使っていたものとは硬さが段違いだ。

デザインはゼルートのオリジナルである。性能としてはCランクの冒険者が扱うレベルだ。

（長剣の刃が溶かされていた。普通なら酸で溶かされたと思うところだが、溶けた痕《あと》が少々不気味だった）

両者とも武器に魔力を纏《まと》わせ、何度も激突し合う。

そんな中でも、ゲイルはゴブリンキングが扱う得物について考え続ける。

（溶けていた部分が紫色に変色していたのを考えると……酸性の毒。それをあの刃から自在に飛ばせるということか）

何度も刃と刃がぶつかり合う中で、何度も魔斧から毒が飛んだ。魔力を纏《まと》っているゲイルの長剣はその全てを弾く。

そしてゲイル自身も毒に当たることなく躱《かわ》し続けているので、今のところ均衡が崩れていない。

（しかしなかなかの強度を持つ魔斧だな……気に入った。ゼルート様のために、あれは壊さずに持ち帰ろう）

今まで、ゲイルは六割ぐらいの力で斬り合っていた。

いずれ向こうの刃が限界を迎えるだろうと思っていたが、いまだに斬り合いは止まらない。

ゴブリンキングが魔斧に魔力を纏《まと》わせているからという理由もあるが、魔斧のランクがゼルートの持つ魔剣フロストグレイブ並みというのもある。

目的を決めたゲイルは、どうやって武器を破壊せずにゴブリンキングを殺すかを考える。

「本当に、貴様は強いなッ！！！！」

ゴブリンキングが叫《さけ》んだ。

「そういうお前こそ、なかなかの強さじゃないかっ!!　心が躍《おど》るなッ！！！！」

ゴブリンキングは普通に戦っていては勝てないと思ったのか、斧だけではなく体術による攻撃も混ぜはじめる。

初めて食らう者であれば対処に遅れるものだが、それは主《あるじ》であるゼルートが得意としている攻撃だった。

しかもゼルートの場合は、武器と体術にプラスして攻撃魔法まで使ってくる。

そんな猛撃に比べれば、ゴブリンキングの連撃を捌《さば》くのは難しくない。

Bランクになったばかりの冒険者なら手こずるであろう。

どの攻撃にも重さが乗っており、そして遅くない。

パーティー全員がBランクで、なんとか倒せると思われるライン。

ソロで倒すには厳しい魔物だ。

ただ……今回ばかりは相手が悪い。

「ぐうっ⁉　なんという力と防御力だ。俺の攻撃を余裕の表情で耐えるとは……貴様、もしや普通のリザードマンではなく、亜種か⁉」

「今更か。だが、正解は希少種だ。もっとも……俺とお前の差は、鍛錬《たんれん》の結果によるものだがな。しかし……お前はお前でなかなか厄介《やっかい》なスキルを持っているな」

「それが俺の取り柄《え》だからな」

ゲイルは長剣でゴブリンキングの魔斧を防ぎながら、魔力の弾丸による攻撃も行《おこな》っていた。

大したダメージは与えられないが、それでも食らった数が多くなれば、出血量が増える。

ゴブリンキングは無理矢理体を捻《ひね》って躱《かわ》すが、何発かは命中していた。

だが、その傷は十秒も経てば完全に塞《ふさ》がった。その回復力をゲイルは見逃さない。

（再生、もしくは回復速度上昇のようなスキルだろう。ちまちまとした攻撃では本当にダメージを与えられないな。だが……その分長く楽しめるというものだな）

無意識のうちにゲイルの体から濃密な戦意が漏れ、それを感じ取ったゴブリンキングは大きく後ろへ飛びのいた。高速詠唱を使用しながら複数のファイヤーボールやファイヤーランスを放ち、腰に身につけていた予備の斧をゲイルに投げつける。

「ほ～～～、初級と中級魔法だが、威力は他の冒険者と比べても高いな。そして、私に狙いを定めて飛んでくる斧……通常種のリザードマンだけではなく、上位種のリザードマンであっても、これでは殺されてしまうだろうな……だが」

ゲイルは、向かってくるファイヤーボールをウォーターボールで相殺《そうさい》し、ファイヤーランスは直接斬り刻んでバラバラにする。さらに、斧は魔力の斬撃を飛ばして破壊した。

その結果をある程度予想していたゴブリンキングは、ポーカーフェイスを保てているものの、内心では少々焦《あせ》りが生まれていた。

（まさか顔色一つ変えずに対処するとは……本当に化け物だな）

ゴブリンキングの実力も、十分に化け物と呼べるクラスなのだが、ゲイルはさらにその上をいく。

「連続でファイヤーボールとファイヤーランスを唱えるとは……さすがだな。詠唱速度も速い。もしかしたら高速詠唱のスキルを持っているのか？　それに続けて斧術スキルによる攻撃。やはりキング種は、そこら辺の魔物とは違うな。さあ……次はどんな攻撃を繰り出すんだ？」

変わらず余裕の表情で言い放つゲイルを見て、ゴブリンキングは改めて希少種のリザードマンと……ゲイルと対峙したことを後悔した。

自身はゲイルを殺そうと真剣に戦いに挑んでいる。それに対して敵はふざけているとは思わないが、その表情からもっと気楽に戦いを楽しんでいるということがわかる。

ああ……今すぐにでも逃げ出したい。そんな気持ちが止まらない。

それでも、逃げ出すことができなかった。

ゲイルの様子からして、まだ本気を出していないということはわかる。

だから逃げようとしても、追いつかれてしまうのは確実だ。

（死以外に……俺に道はないようだな）

ゴブリンキングはなけなしの勇気を振り絞《しぼ》り、もう一度飛び出した。

互いに――斧を振り、長剣で突き、攻撃を躱《かわ》し、防御して、魔法を放つ。

そんなノンストップな戦いが五分ほど続いた……まだ敗者はいない。だが、戦いの素人が見ても、どちらが優勢なのかは明らかだった。

ゴブリンの王は、ゲイルという格上の相手と戦い続けることで急成長を遂《と》げていた。

いや、そうせざるを得なかったと言えるだろう。

ゲイルと得物を交えれば交えるほどに正確さが増し、体の動かし方も猛スピードで上達していく。

ただ……実際は、ゲイルがそうなるように誘導していたのだ。

この戦いをすぐに終わらせるのはもったいない。ゴブリンキングが持っている力を全て引き出し、そして勝利する。

そんな思いがあったからこそ、ゴブリンキングは格上のゲイルに瞬殺されずに済んでいる。

（ははっ、はっはっは！！！　いいぞ、いいぞおおお！！！　この緊張感こそ、私が求めていたものだ！！！！！）

ゲイルが上段から斬りかかろうとすれば、ゴブリンキングも相手の体がガラ空《あ》きなのを見逃さず、斧術のスキル技、フォールブレイクで吹き飛ばそうとする。

フォールブレイクは、対象にダメージを与えるよりも、相手を吹き飛ばすことを重視した技だった。ゆえに、ゴブリンキングは自身の筋力ならば、少しはゲイルの体勢を崩せると思い、ほぼ同時に攻撃魔法の詠唱を始めた。

だが、やはりそう簡単に物事は進まない。

「ふっ！」

フォールブレイクが自分の腹を目がけて放たれるのを確認したゲイルはニヤリと笑い、逃げもせず腹筋に力を入れるだけで、一ミリも動くことなく受け止めた。

（ぐっ、希少種だからといって、ここまで力の差があるのか）

ゴブリンキングは、これ以上力で押しても無理だとわかった瞬間に後ろへ飛び、詠唱を完了させたファイヤーランスの強化版、ファイヤージャベリンを放った。

ゴブリンキングが現在発動できる最強の攻撃魔法だった。

Dランクの魔物であれば即死。Cランクの魔物であっても無防備な状態であれば討伐できる。Bランクの魔物に対しては……有効打にはなる一撃だ。

「ハッ！！！！」

しかし、ゲイルは長剣に風の魔力を纏《まと》わせ、それを一刀両断してしまう。

ゴブリンキングの切り札を簡単に斬り裂いたゲイルだが、その技の多彩さに驚いていた。

（正直……ここまで多くの技を扱えるとは驚きだ。キングといえども、その身体能力に任せた攻撃しかしてこないかと思っていた）

同じキングであっても、ゲイルが考えるような脳筋キングは存在する。

自分の得意分野以外の攻撃を実戦で取り入れる個体は少ないのだ。

（もしや、メイジやウィザードからキングへと成り上がったのか？　……その可能性は否定できないが、おそらく違うだろうな）

キングとは、他の同族と比べて文字通り器が違う。

同族から尊敬の念を集める存在……それがリーダー、ジェネラル、そしてキングに変わる。

「まだだッ！！！！」

ファイヤージャベリンを放った直後、ゴブリンキングはゲイルの後方に移動しており、斧術のスキル技、重撃を使用して、渾身《こんしん》の一撃を叩《たた》き込む。

「……今の一撃はよかったぞ」

魔術による最大の一撃をフェイクとして利用し、後方に回ってからの一撃が本命。

狙いは悪くなったが、ゲイルはゴブリンキングがファイヤージャベリンを放った瞬間に視界から消えたことを確認しており、すぐに気配感知を使った。

その結果……自身の予測と見事に重なり、重撃を防ぐことに成功する。

「なっ!?　か、片手だと！！！？？？」

ゴブリンキングには、今までで最高の一撃が放てたという感覚だった。

この一撃で形勢逆転……一発逆転が狙えてもおかしくなかった。

だが、その渾身《こんしん》の一撃は虚しくも片手で受け止められてしまった。

それでもゲイルの体は地面に十センチほどめり込んでおり、全くの無駄というわけではなかった。

ゲイルも咄嗟《とっさ》に片手で受け止めたが、外傷はなくとも体の内部にダメージが響いていた。しかし――即座に長剣を右手から左手に持ち替え、魔力を纏《まと》わせた右拳で正拳突きを放つ。

「ほらほらどうしたッ！！！　動きが止まっているぞ！！！！」

「が、はッ！！！！」

対応できない速度で放たれた正拳は、ゴブリンキングの腹にめり込み、五メートルほど吹き飛ばした。

ゴブリンキングはなんとか着地には成功したが、ゲイルの正拳突きは予想していなかったため、もろに食らってしまった。内臓へのダメージが大きく、ゴブリンキングは膝をついて血を吐《は》いた。

「ごはッ、がぁあ、あ、が……がはッ！！！」

まだ倒れるわけにはいかない。まだ自分は戦える。

そう思いながら自分を奮い立たせ、ゴブリンキングは気合で痛みを撥《は》ね返して立ち上がった。

（く、そ……想定外のダメージだ。こいつより強い人間……あの子供、本当に人間なのか）

自身をここまで追い詰めたゲイルよりも強いという少年。そいつは本当に自分たち魔物とは違う人間という種族なのか、不思議でならなかった。

（ただ、今はそんなことよりも、目の前の現状をどう打破するかを考えなければ）

気合で立ち上がったゴブリンキングだが、実際にダメージが消えたわけではなく、体力は残りわずか。魔力も大して残っておらず、その命は風前の灯火《ともしび》に近い。

「……それでもなお、私に挑むか。その心意気は立派だ。よって……次の一撃で終わらせてやろう」

ゲイルは、自らの長剣に先程までよりも多くの魔力を纏《まと》わせていく。

ゴブリンキングは、この勝負に勝てたとしても、もう自分の命がもたないことを悟った。

（運よく首を取れたところで、化け物を超える子供、その子供に従う二人の冒険者がいる。逃げ切るのは不可能だ）

よって、ゴブリンの王も次の攻撃を最後とし、己の全てを懸けることに決めた。

ありったけの魔力を魔斧にこめ、魔斧に付与されている毒と麻痺《まひ》の効果を最大限にまで高めた。

それでも足りないと思い、最後の一撃をぶちかます分の体力だけ残し、残りを魔力に変えて斧術のスキル技、マジックアックスを使う。

スキルレベル六で習得できる技、マジックアックス。

己が持つ斧に、火や水など基本属性の魔力を纏《まと》わせることができる。

ゴブリンキングはまだこの技を完全に使いこなせていなかったため、これまで使っていなかったが、四の五の言っていられない状況だった。

己の全てを懸ける……その言葉が相応《ふさわ》しい覚悟を見せるゴブリンキングに、ゲイルは感動した。

「ふっ、正真正銘……命を賭《と》した最後の一撃だな。ゼルート様には本当に感謝しなければならない。お前という強者に巡り合えた」

だから、絶対に負けるわけにはいかない。ゼルートの従魔として、そのような不甲斐《ふがい》ない姿を晒《さら》してはならない。

その思いにより、ゲイルの長剣に纏《まと》う風の魔力が激しく吹き荒れる。

まだお互いに最後の一歩を踏み出さない。

その間も、瀕死《ひんし》と言っていいゴブリンキングの闘志は一切衰えていない。なにがなんでもゲイルを倒すという思いが膨れ上がっている。

「はあ、はあ、次が、俺の最後の……一撃となるだろう、な」

「そのようだな。己の命を削《けず》ってまで放とうとする一撃……考えただけで心が躍《おど》る」

ゲイルの言葉に、ゴブリンキングは呆《あき》れた表情で、素直に感じたことを漏らす。

「……お前は本当に戦闘狂だな。元からそういった性格なのか？　それとも、お前の主《あるじ》に影響されたのか」

ゴブリンキングの問いに数秒の間、過去を振り返り……口の端を吊り上げてゲイルは答えた。

「ふむ、どちらかと言えば後者だな。横でオークキングと戦っているゼルート様を見ればわかるだろう」

隣に視線を向ければ、そこには自分より実力が上のオークキングと互角に戦っている少年の姿が見えた。

背丈はさほど大きくない。むしろ他の冒険者と比べれば小さい。だが、そんな少年は自分よりも数倍も大きい強敵に向かって一切臆《おく》することなく、果敢《かかん》に……いいや、獰猛《どうもう》な笑みを浮かべつつ剣術スキル、攻撃魔法を、ときには体術を駆使して戦っていた。

「なるほどな。お前が影響されるのもわかる。お前の戦闘狂は主《あるじ》譲りか」

大半の冒険者は、オークキングに一対一の勝負を仕かけるだけの力がない。

それなのに、ゼルートの目には必死さではなく、楽しさが宿っていた。

ゴブリンキングの言葉にゲイルは苦笑いしたが、すぐに元の表情に戻す。

「はっはは!!　まあ、そういうことだ。そこがゼルート様のいいところでもある。さて……お喋《しゃべ》りはここまででいいだろう」

ゲイルは、ゴブリンキングが言葉を交わしている間に、最大まで自分の技の威力を高めようとしていることに気がついていた。

気がついていながらも……それを待ち続けた。他人から見ればアホすぎる行為だろう。

自身の考えを遠回しに指摘されたゴブリンキングは、表情を変えず、構えも崩さなかった。

そして十秒ほどが経ち……先に地を蹴ったのはゴブリンキングだった。

「ガアアァァアアアアアッ！！！！」

人語を話せるという知的な部分を捨て、完全に野生の獣となりて放つ一撃。

魔斧には最大限にまで高められた毒と麻痺《まひ》の力、そして火の魔力が纏《まと》われていた。

重撃を、上段の構えから全力で振り下ろす。

これだけの要素がこめられた一撃だ。Bランクの魔物であっても、当たりどころが悪ければ即死。

普通に食らったとしても、重傷は免《まぬが》れない。

少しでもその刃に触れれば麻痺《まひ》によって体が動かなくなり、毒によっていずれは力尽きてしまう。

「ハッ！！！！！！」

一方、ゲイルの長剣は、風の魔力がチェーンソーのように刃の周囲を高速回転している。

その威力は、ミスリルなど硬度が高い希少金属であっても簡単に斬り裂いてしまうほどである。

そしてゲイルは、剣術のスキル技……ではなく、細剣術のスキル技、刺突を放った。
狙うは魔斧を握っているゴブリンキングの指。

「がぁあああッ!?」

「すまないな。できれば真正面からぶつかってみたかったが、その武器はゼルート様の土産《みやげ》にしようと思っていたので、衝突は回避させてもらった。まともに斬り合えば魔斧に傷がついてしまうかもしれないからな」

ゲイルは至って真面目《まじめ》に答えたつもりだったが、ゴブリンキングはこの言葉を侮辱《ぶじょく》と受け取った。
最後の一撃は、ゴブリンキングが王としてではなく、戦士として放った一撃だった。
にもかかわらず、それをこの戦いとは関係のない人物のために避けられたことが悔しくてたまらなかった。

（まだ、だ……まだ、終わりではない！！！）

本来なら気力の糸が切れ、そのまま倒れてもおかしくないはずだが……ゴブリンキングは怒りに身を任せて無理矢理体を動かし、再びゲイルに襲いかかろうとする。
だが、あと少しというところで、動きが止まってしまった。

「本来なら倒れてもおかしくないほど重傷を負っているのに、私を倒そうという執念……見事だ。そしてこれで終幕だ」

風の魔力を纏《まと》った長剣を一度鞘《さや》に戻し、居合いの構えから振り抜き……胴体を横に斬り裂いた。

「がっ……はッ……」

「今回の戦いは本当に楽しめた。生まれ変わったらもう一度戦おう、ゴブリンの王よ」

――もう一度は勘弁《かんべん》だ。

「ッ……空耳か」

遠慮するような言葉が聞こえたが、既にゴブリンキングは息絶えていたので、ゲイルは空耳だと判断した。

第三者の目からすれば、ゲイルの圧勝に見えるかもしれないが、彼は自身が持っている力を百パーセント使っていたわけではなく、六割に抑えて戦っていた。

そのため、余裕な表情で攻撃を躱《かわ》しているように見えても、実は相手の動きを観察、予測してから避けていたのである。

強敵を倒し終えたゲイルは、討伐証明部位の耳と魔石、そして魔斧を回収した。

「ゼルート様はあまり斧を使われないが、魔斧ともなればそれなりに使い道はあるだろう。肝心の主《あるじ》は……まだまだ楽しんでおられるようだな」

ゲイルは、自分の主《あるじ》が満足げな表情でオークキングと戦っているのを見て安心した。

◇

ゼルートと一分ほど斬り合ったオークキングは一旦距離を取り、落ち着いて敵の戦力を測り直す。

「なるほど……大層な口を叩《たた》くだけの実力はあるようだな」

「そっちこそ、キングと名乗るに相応《ふさわ》しい実力はあるみたいだな」

鑑定眼を使わずに戦いを始めてしまったゼルートは、サラッとオークキングを視《み》た。

（大剣術がスキルレベル七、身体強化のスキルレベルが五。この二つは少々厄介《やっかい》だな。それと、剛腕もちょっと面倒だな。結構真面目《まじめ》にやらないと、力では負けるか？）

スピードはゼルートが上回っているが、調子に乗っていたら力負けする可能性は十分にある。

（それと、超絶倫って……いや、そりゃそうか。オークだもんな。そういうスキルを持っていても不思議ではない……うん、それが当たり前なんだろう。それと、土魔法と火魔法まで覚えてるのか。戦闘スタイルで言えば魔法戦士系か）

オークキングが有しているスキルを視《み》たゼルートは、メインディッシュがなかなかに食べごたえがあるとわかり、思わずニヤッと口の端が上がってしまう。

（持っている大剣もおそらく魔剣の類《たぐい》……ボーランが持っていたやつよりも強そうだな。というか、単純にバカデカいな）

オークキングの得物はグランゼタード、ランクB。

土の魔力が込められた魔剣。この大剣に魔力を使えば、自然と岩を纏《まと》わせることができる。打撃用と切断用と、使用者の意思で変化もする。

ただ、操る岩の性質は、個人の力量によって変わる。

そして、剣の扱いが一定レベルに達すると、大剣の形状を一種類だけだが変形させることができる。

大剣を装備することで発動できる魔法はアースバレット、アースウォール、アースクエイクだった。

(ほうほうほう……いや、ランクBの割にはなかなかいい魔剣……だよな？　そこまで多くの魔剣を見てきたわけじゃないからわからんけど、有能な魔剣には違いない。欲しいな)

土魔法を習得できなくても、魔法を使うことができる。

ゼルートは土魔法も使えるので必要のない能力だが、とにかく、グランゼタードの性能を気に入った。

オークキングは、ゼルートが強者だとわかっても、絶対に自分は負けないという自信があった。

「だが、どうあっても、お前は俺に勝つことはない」

その言葉に、ゼルートは特に表情を変えることなく返す。

「あっそ……まっ、俺も同じことを考えてるよ。お前が俺に勝つなんてことは絶対にあり得ないってな」

「ほ～……人間のくせに大した度胸だな。それとも威勢がいいだけか？」

「魔物のくせに人間の言葉をよく知ってるんだな。あと、それって自分のことを言ってるのか」

ゼルートは、自分がオークキングに敗れることは、身体能力や持っている手札から考えて絶対にないとわかっているので、敵がどんなに挑発してきても乗ることはない。

最初こそ余裕があったオークキングだが、そちらの耐性は高くなく——

「殺すッ！！！」

速攻でキレて標的に斬りかかった。

「単純明快でわかりやすいな!!」

身体強化で底上げされた力による岩を纏《まと》った大剣の一撃。当たればたとえタンク専門の冒険者であっても並の実力では吹っ飛んでしまう。

そんな高威力を持つ一撃を、ゼルートは片手で受け止めた。

しかし、オークキングのことを完全には侮《あなど》っていないゼルートは、手に岩を纏《まと》っていた。

また、身体強化のスキルも使用していたおかげで、その場からほとんど動かずに済んだ。

「なっ!?　お、俺の一撃が……」

「やっぱり力は相当なものだな。そんじゃ……次は俺の番だ、なっ！！！」

一瞬だけ空中に長剣を放ったゼルートは、右の拳に魔力を纏《まと》い、声を上げてストレートを腹にぶち込んだ。

「ぅおらっ！！！」

「がはッ！！？？」

殴《なぐ》られたオークキングは、七メートルほど吹き飛ぶが、難なく地面に着地した。

だが、その瞬間にもう一度腹に衝撃が襲う。

「ぐはっ!?」

二度目の衝撃に、苦痛と疑問の表情を浮かべるオークキング。

なぜ殴《なぐ》られた後に、もう一度自分の腹に衝撃が襲ったのか、答えは出なかった。

「お前、俺に何をした」

敵からの問いに、ゼルートは見下《みくだ》した顔で答えた。

「自分の手の内を晒《さら》すなんて、そんな馬鹿なことをするわけないだろ」

ゼルートの答えに、オークキングは自分が愚かな質問をしたとすぐに気がつく。

(そうだったな、少し冷静さを欠いていた)

呼吸を整え、今度は大剣を上段に構えて突っ込む。

何を狙っているのか見え見えな行動に、ゼルートは警戒心を強める。

(少し短気なところはあるが、決して馬鹿なやつではない。何かしらの策があるはず……口は閉じたままだから、おそらく魔法は使ってこない。でも、魔剣による魔法は詠唱が必要ないのか)

魔剣を装備することによって使えるようになる魔法は、練度を高めることで、詠唱なしで発動させることができる。

ゼルートがその事実を思い出した瞬間、オークキングの周囲に直径三十センチほどの岩が多数生まれ、こちらに放たれた。

向かってくる岩の弾丸――アースバレットを全て剣で弾き飛ばそうとしたが、オークキングの行動に違和感を覚えた。

無詠唱で魔法を発動させるのはいい奇襲だ。だが、ゼルートとオークキングにはまだ五メートルほどの距離がある。

その距離で大剣を振り下ろしたとしても、まだゼルートには届かない。それでも違和感が消えないので、長剣でアースバレットを弾くのをやめ、複数のブレットを放ちながら後退する。

（……なるほど、それが狙いだったか。下がって正解だったな）

アースバレットを放った直後に、大剣は勢いよく振り下ろされた。

オークキングの目的は、ゼルートを叩《たた》き斬ることではなく、大剣を地面に突き刺して亀裂を入れることだった。

狙いがバレて、見事に躱《かわ》されたオークキングは、大きく舌打ちをする。

そしてゼルートは、オークキングの作戦に称賛を贈った。

「いやいやいや、本当にやるな。アースバレットは完全な囮《おとり》で、実際はアースクエイクで俺の体勢を崩し、下から斬り上げようって考えてたんだよな……途中までマジでわからなかったよ」

「……なら、なぜ対処することができた」

「そうだなあ……まず、俺の目は速さに慣れている」

ゼルートは過去に、人の姿になった、ドラゴンのラガールと模擬戦をしたことがある。ラガールは、神速を誇るドラゴンだった。だから、相手の速さに目を奪われることがほとんどない。

ちなみに最初の頃は、ラガールの速さにまるでついていけなかった。

「そんでもう一つは……俺だからってところかな」

「……？？？」

ゼルートの答えに、オークキングは頭の上にはてなマークを浮かべた。

答えは、ゼルートが鑑定系のスキルを持っているということだ。

事前にオークキングが所有しているスキルや魔剣の効果を知っていれば、攻撃に違和感を覚えたときに次の攻撃がある程度予測できるのだ。

「よくわからないが、お前が俺と同等か……それ以上の実力を持っていることは認めよう。だから……もう油断はしない」

身体強化と剛腕を同時に発動させ、大剣だけではなく体にも岩を纏《まと》いはじめ……全身が岩の鎧と化した。

それを見たゼルートは、思わず武者震いした。

防御力は格段に上がり、生半可《なまはんか》な攻撃では一切ダメージを与えられない。

身体強化のスキルを使用しているから、足の速さはある程度補われている。

そして元から高かった腕力は、剛腕を発動させたことで、Aランクの魔物並みにまで上昇する。

ランクの低い冒険者ならば、今すぐにでも逃げ出してしまうだろう。もしくはあまりの恐怖に失禁して失神するかもしれない。

数々の修羅場《しゅらば》を潜り抜けてきた実力者であっても、少々苦い表情になるはずだ。

しかし、異端のDランクであるゼルートの表情が陰ることはなく、今も好戦的な笑みを浮かべていた。

さすがはザ・戦闘狂というべき冒険者だ。

「ははっ……いいな。本当にいいよ、お前。そんじゃ……第二ラウンドと行こうかッ！！！」

吼《ほ》えると同時に、ゼルートは全身と長剣に魔力を纏《まと》い、戦意を振り撒きながら、オークキングへと襲いかかる。

「ぜぇええあああぁぁぁああああッ！！！！！」

「うおおぉぉおおおおおおッ！！！！」

片方は剣術のスキル技——剛斬を放ち、もう片方は大剣術のスキル技——重撃で対抗し、両者の刃がぶつかり合う。

腕力は、お互いに身体能力を強化しているおかげで互角に近いが、オークキングの体格はゼルートの数倍はある。その差が影響し、結果はゼルートが少々押し負けることになった。

さらに、これからの戦いには、両者の武器の性能によっても差が生まれはじめる。

ゼルートが使っている長剣は、刃に魔力を纏《まと》わせているから刀身が欠けることはないものの、ランクBの魔剣にはさすがに敵《かな》わない面が多い。

(本気を出してるだけはあるな)

ただ、一回押し負けたところで、ゼルートが止まるはずもなく、地を再び蹴って再度オークキングに斬りかかる。

今回はただ突っ込むのではなく、少し策を講じた。

「おおぉおらああああッ!!!」

ゼルートはオークキングに中段の構えから斬りかかるが、先程よりも少しスピードを落としていた。

その理由がなぜなのかわからないが、勝機と見たオークキングは、振りを短くして真っ二つに斬り裂こうとする。

そして……真っ二つにした。そう……真っ二つにしたはずだが、ゼルートは目の前から消えていた。

「ッ!!??　どういうことだ!!!!」

「こういうことだよッ!!!」

オークキングが気づかぬ間に後ろに回り込んでいたゼルートは、長剣に纏《まと》わせた魔力を斧状に変え、岩の鎧を斬り裂いた。

攻撃には成功したが、オークの体にダメージは届かなかった。

「なっ！　いつの間に!?」

「ちっ、削《けず》っただけか」

自分が確かに斬り裂いた少年がいつの間にか後ろに立っており、しかも自分の鎧に傷をつけていた。

（……いや、そういえば感触が違ったな）

今まで多くの敵を斬り裂いてきた。それは独特の感覚があり……体が覚えている。

目は確かに、自身の大剣が敵を斬り裂くのを見たが、体は斬った感触がないことをわかっていた。

オークキングがゼルートだと思って斬った存在は、スピードの緩急によって生み出された残像であり、実物ではない。

残像は体術のスキル技ではあるが、一定以上の脚力を持っていなければ、たとえ基準のスキルレベルまで達していたとしても、使用することができない。

だが、忸怩《じくじ》たる思いをしているのは、ゼルートも同じだ。

（スピードは完全に俺が勝《まさ》ってる……でも、攻撃力がいまいち足りないな）

ゼルートの攻撃力が低いわけではないのだが、岩の鎧を纏《まと》ったオークキングの防御力は予想よりも上回っていた。

その結果、斬り裂けたのは、岩の鎧のみ。

一方、オークキングは、自分が騙《だま》されたという事実に頭に血を上らせたが、すぐに冷静さを取り戻し、後ろへ大きく飛びのいた。

「逃がすかよッ!!」

後ろに跳《と》んだオークキングに、ゼルートは即座に追撃を行う。

しかしそれを拒むように、オークキングは無詠唱でアースウォールを発動させる。

ゼルートは攻撃魔法で破壊しようとしたが、それではつまらないと思い直し、そのまま走り出した。

次の瞬間、オークキングは大剣の腹で自らアースウォールを破壊した。

「ッ!?」

勢いよく破壊されたアースウォールの残骸は、全てゼルートを目がけて飛んでくる。

数は先程放たれたアースバレットよりも多いが、速さや威力は大したことはないので、ゼルートは冷静に、自分に当たるであろう残骸だけを撃ち落としていく。

全てを処理してオークキングに目を向けると……得物のグランゼタードの刃に先程までよりも大量の魔力を纏《まと》わせていた。

それに加えて、大剣に纏《まと》わせている岩も大きく変形させ、破城槌《はじょうつい》のような形にしている。

そして、腕力をフル稼働させて突きを放った。

「グランドブラストオオォォオオオオオオッ！！！！！」

グランゼタードの刃を覆っていた岩の破城槌が、魔力ごとすっぽ抜けた。

（ぶっ⁉　それを食らうのはちょっとマズイ！！！）

オークキングの切り札を放たれたゼルートは、その威力を即座に理解した。

（あんなのを食らったら腹に穴が……開きはしないと思うけど、絶対に木をぶち破りながら後方に飛んでいくだろうな）

そうなるのはわかっている。わかっているが、ゼルートはその攻撃から逃げようとはしない。

岩の破城槌を破壊すると決め、迎撃態勢を取る。

同じ系統の技で相殺《そうさい》すべく、長剣を右手から左手に持ち替え、オークキングと同じように、右の拳に岩と魔力を纏《まと》わせていく。

その手は、次第にドラゴンのそれのごとき姿へと変わる。

「上等だああぁぁああああッ！！！」

そして、力の限り襲いかかる岩の破城槌を殴《なぐ》りつけた。

城壁さえ粉砕する岩の破城槌と、地面に放てば余裕でクレーターを生み出してしまう岩の拳。

その二つが激突し、衝撃で踏ん張れなかった周囲の者は、後ろに転がってしまう。

衝撃によって砂が舞い、一時的に両者とも敵の姿が見えなくなる。

両者の攻撃がぶつかり合った結果――引き分けだった。

オークキングが放った岩の破城槌は粉砕され、それを粉砕したゼルートの岩の拳も、ボロボロに砕け散った。

この一合は明らかに引き分けだ。

だが……死合の行方《ゆくえ》はまだ決まっていない。

オークキングにとっては、自分の力をほぼ限界まで振り絞《しぼ》って放った最後の大技だった。

まだ敵の死体は見ていない。それでも自分の勝利は疑っていなかった。

ちょうど砂埃《すなぼこり》が立っていて、周囲の冒険者からは自分の姿が見えていないのがわかっている。

残っている体力は逃走する分だけで、岩の鎧も長くは維持できない。

それに対して、ゼルートの思考は違った。

本気を出していなかったというのもあるが、彼には余力があった。

自我を持ったときから地道に増やしてきた魔力は、まだまだ大量に残っている。

本当ならば、岩の破城槌を破壊するのにもっと強力な技を使ってもよかったが、ゼルートは元Aランク冒険者である父から、いかなる状況でも最悪の事態を想定して行動しろ、と教えられた。

だから、その後も十分に対応できる攻撃で、岩の破城槌を破壊したのだ。

衝撃で巻き起こった砂煙の影響で視界が封じられたが、まだ勝負は終わっていないとわかっているゼルートは、気配感知を使用して、オークキングの位置を即座に把握《はあく》する。

（見つけた!!　力尽きて動けないのか？）

感知した場所から全く動かないオークキングに疑問を持ちながらも、ゼルートは駆け出し、鉄の長剣を鞘《さや》に戻して、アイテムリングの中から魔剣フロストグレイブを取り出した。

（あの岩の鎧を完全に斬り、オークキングの腹まで斬り裂くには、こいつが必要だな）

オークキングは、ゼルートの動きを全く予想していなかった。

「ッ!?」

何かが自分に接近してきたと気づいたオークキングは、慌《あわ》てて大剣を構えようとしたが、先程放った技による疲労で反応が遅れてしまう。

ゼルートには、オークキングを斬り裂くのに、ほんの数秒で十分だった。

「本当にここ最近の戦いで一番楽しめた。それに、最後の一撃はマジで強烈だった。でも、これで終わりだ……氷結斬」

ゼルートは、オークキングの横を通りすぎる瞬間に、その腹を斬り裂いた。

この一閃は岩の鎧をいとも簡単に切断し、そのまま腹を深く抉《えぐ》った。

「ッ！　あ、ぁ……」

ついにオークキングの生命活動が止まり、命を失った。

オークキングの腹は氷結斬の効果によって完璧に凍《こお》っており、血は流れていなかった。

姿だけ見ればまだ動き出すのでは、と思えるかもしれないが、オークキングの口からは血が流れていて、何も反応がないのを見ると、間違いなく死んでいることがわかる。

強敵が完全に死んだと知ったゼルートは、大きくため息をついた。

「は～～～～……最後の一撃は、あの返しでいいのか、ちょっと焦《あせ》ったな。あれは本当に破城槌だよ」

オークキングとの激闘の余韻《よいん》に少々浸るが、すぐに戦利品の回収を行う。

ゼルートがオークキングの得物であったグランゼタードに近づくと、それは通常の大剣ほどの大きさへと変わった。

「……そういえば父さんが、武器には持ち主によってサイズが変化するものがあるって言ってたな」

武器に付与されている効果としてサイズ変化があるのではなく、単純に武器の持ち主が変わることによって大きさが変わる。

稀《まれ》にそういった武器が存在する。

そして、絶命したオークキングの素材もアイテムバッグの中へと入れたところで、ゲイルたちがやってきた。

「お疲れ様です。随分と楽しめたようですね、ゼルート様」

ゲイル自身も、ゴブリンキングとの戦いはとても満足のいくものであり、喜びが表情に表れていた。だが逆に、ルウナは恨《うら》めしそうな目でゼルートを見ていた。

「は～～～、私もオークキングと戦ってみたかったぞ……ゼルート、今度強敵と出会ったら絶対に私が戦わせてもらうぞ！」

「お疲れ様、ゼルート。最後の一撃は綺麗《きれい》な一閃だったわ」

アレナは爽《さわ》やかに笑っていた。

少々疲れてはいるが、満ち足りた表情でゼルートは言葉を返す。

「さすがBランクの魔物って感じだったよ。でも、ゲイルだってゴブリンキングと戦ってたんだから、十分に楽しめただろ？」

「そうですね。確かにキングまで進化した個体でした」

「だろだろ。中途半端な強さじゃないのがいいよな。それとルウナ、約束はしっかりと覚えているから安心しろ」

戦う前に言われたことなので、ゼルートの頭の中にもしっかりと残っている。

「む……約束だぞ」

「おう、約束だ。にしても、あの岩の鎧はちょっと厄介《やっかい》だったな」

「そういえば残像を囮《おとり》にして背後に回って斬ったとき、あれは有効打になっていなかったわね」

戦いをきっちり見ていたアレナが指摘する。

「そうなんだよ。思ったよりも防御力が高くてな。だから、最後にあんなスパッと斬れたのは、このフロストグレイブのおかげだ。俺が初めて手に入れた魔剣だ」

「へ～～、これが……なかなかの業物《わざもの》ね。ダンジョンの宝箱にもそう簡単には入ってなさそうね」

詳しい付与効果やランクなどはわかっていないが、それでも長年冒険者として活動してきたアレナの目は、フロストグレイブを一瞬で業物《わざもの》だと見抜いた。

こうして今回討伐すべき対象のオークとゴブリンたちの殲滅《せんめつ》は大成功に終わり、四人はひとまず拠点に戻った。

途中、アレナからオークキングの肉がどれだけ美味《うま》いかを聞かされたゼルートは、思わず涎《よだれ》が垂れてしまった。

拠点へと戻ったゼルートは、リーダー格の人物にオークキングとゴブリンキングを倒し終えたことを報告した。他の場所でも全てのオークとゴブリンの討伐が終わったと報告があったので、場はすぐに祝勝ムードになった。

長時間戦い続けてきたゼルートたちもこのムードに乗ったところで、魔導の戦斧たちがやってきた。

依頼が無事に終わったということで、グレイスがゼルートにまずねぎらいの言葉をかけた。

「おう、そっちも無事に終わったみたいだな。とりあえずは、お疲れ様ってところだな」

「ええ、そっちもお疲れ様です。グレイスさんたちはどんな種類のオークやゴブリンと戦ってきました？」

ゼルートはオークキングと戦えたので、今回の依頼に満足しているが、それでも他に強そうな魔物がいたのかどうかは知りたかった。

グレイスは頭を捻《ひね》りながら答える。

「そうだなあ～～……正直、そこまで強いやつらはいなかったな。強《し》いて言えば、一体だけ成長したオークジェネラルがいたぐらいだな。珍しいという点で言えば、ブラウンウルフに跨《またが》っているゴブリンライダーぐらいだな」

完全に成長を遂《と》げたオークジェネラルの強さは並ではないのだが、Aランク冒険者であるグレイスからすれば、大したことはない敵だった。

ゴブリンライダーは少々厄介《やっかい》ではあるが、攻撃力自体はそこまで高くないので、特別強い魔物でもない。

「ゼルートたちの方はどうだったんだ？」

グレイスの質問に対し、ゼルートは少々口の端を上げつつ答えた。

「俺はオークキング、ゲイルはゴブリンキングと戦いましたよ。とっても満足できました」

ゼルートの言葉に、グレイスだけではなく、拠点にいるほとんどの冒険者が驚く。

リーダー格の冒険者には報告したが、まだ他の冒険者の間には広まっていなかったのだ。

その話を聞いた冒険者の中には、子供が見栄を張って嘘を言っていると馬鹿にしている者もいた。

そして、ゼルートの実力を信じていない冒険者筆頭のダンも、彼の戦果を即座に否定する。

「おいおいおい。いくらいいかっこしたいからって、馬鹿げた嘘をついてみっともないだけだぞ。そんな話、誰も信じるわけないだろ」

ゼルートの実力をまだ知らない冒険者たちは、小さな声でホラ吹きだのヒモ野郎だの好き勝手なことを言っているが、ゲイルに鋭い殺気を向けられ、即座に口を閉じる。

ゼルートがDランクやCランクの冒険者を一人で倒してしまうほどの実力を持っていると知っている者であっても、Dランクの冒険者がBランクのオークキングをソロで倒したという話は半信半疑だった。

ゼルートは、周囲の者たちからそういう反応をされるのは承知していた。

だから、アイテムバッグに入れていたオークキングとゴブリンキングの右耳を出して、全員に見せた。

これにより、ゼルートの話が本当だとわかり、非難の声はだいぶ少なくなる。

ダンも驚いていた……というよりは、絶対にあり得ないという思いが表情に表れていた。

「こいつは確かにオークキングだな！　それに、こっちもゴブリンキングの右耳で間違いねえ！　ははっ、やるじゃねえかゼルート、ゲイル!!　かーーーっ、俺もゼルートたちの近くで戦っていれば、その戦いを間近で見れたかもしれないのに」

Bランクの魔物と、それを倒したDランク冒険者との戦い。

それはたとえ金を払ってでも見る価値がある死合だった。

「それで、肝心の強さはどうだった？」

「結構強かったですよ。魔法は初級と中級あたりしか使えませんでしたけど、使い方が上手かった。持っていた大剣も魔剣の類《たぐい》だったんで、攻撃力も申し分ありませんでした。土魔法を器用に使っていて、最後の一撃に関してはマジで高威力でした。気を抜いていたらぶっ飛ばされていましたよ」

ゼルートがオークキングの強さを軽く説明すると、今度はゲイルが口を開く。

「私の方は、おそらく再生か回復速度上昇系のスキルを持っていたので、小さな傷を即座に治してしまう点が厄介《やっかい》でした。それと、持っていた魔斧の付与効果も厄介《やっかい》なものでしたね」

そう言いながら、ゲイルは腰につけているアイテムバッグから、ゴブリンキングが持っていた魔斧を取り出す。

それを見たグレイスは、すぐにその魔斧の凄《すご》さを感じ取った。

「これは……なかなか上等な魔斧だ。見た感じ……状態異常の攻撃ができるってところか」

グレイスの言葉に、ゲイルはさすがAランクの冒険者だと感心した。

(見たところ、ゼルート様と同じような鑑定眼のスキルを持っているとは思えない。なら、百戦錬磨の経験から導き出した答え……Aランク冒険者というのは伊達《だて》ではないな)

ゲイルはグレイスの言葉に頷《うなず》く。

「そうです。おそらくは毒、麻痺《まひ》状態にする効果が付与されています。そしてもう一つ特徴があり、魔力をこめれば、毒や麻痺《まひ》の効果を含んだ液体を出すことができるようです」

「へ～～、それはまたなんとも厄介《やっかい》な武器だな。攻撃力も悪くないだろうし、状態異常の効果が付与されている……いい武器じゃねえか、ゲイル！　いい武器を手に入れたな」

「はい。私の戦闘スタイルには合わない武器ですが、よい武器かと。前衛冒険者に需要がありそうですね」

ゼルートがゲイルを褒めるが、元々ゲイルはこの魔斧を自分で使うつもりはなく、彼に献上しようと考えていた。

ゆえに、魔斧を捧げるようにゼルートに渡す。

「というわけなので、この魔斧はゼルート様に献上します」

その言葉は予想しておらず、ゼルートは間の抜けた顔になってしまう。

「えっ……いいのか？　確かにお前は斧術のスキルを持っていないけど、扱えないことはないだろ」

ゲイルの戦闘のセンスは、大抵の武器ならば一通り使えるほど高い。

「そうかもしれませんが、ゼルート様の方が、私よりもこの魔斧を有効活用できるはずです」

「ん？　ゼルート、お前剣術スキルだけじゃなくて、斧術のスキルも習得しているのか？」

グレイスは、ゲイルの言葉がそう言っているように聞こえたので、本人に確認を取る。

「はい。それほどスキルレベルは高くないですけど、一応使えますね」

「は〜〜、多芸なやつだな。とりあえずせっかくくれるって言ってるんだし、ありがたく貰《もら》っといたらどうだ」

「そう……ですね。ありがとうな、ゲイル」

「いえいえ、そんな大したことではありませんよ」

謙遜《けんそん》するゲイルだが、そもそもBランクのゴブリンキングをソロで倒してしまうことが大した功績なのだ。しかも、敵が持っていた武器を傷をつけることなく回収している。

それらは十分に難易度が高い内容だ。

「ところで、ゼルート……後でまた、冷えたエールを俺にくれないか」

「ふふ、もちろんいいですよ。ゲイル、お前も飲むだろ」

「……そうですね。祝勝会ということで、少々いただきましょう」

無事に依頼を達成したということで、早速拠点では宴会が開かれようとしていた。

◇

オークとゴブリンの群れの討伐が終わってから数日後、一人ドーウルスに戻ってきた冒険者から、領主のバルス・マーレンは一通の報告書を受け取った。

「うむ、さすがにあの二人の息子だな」

討伐の報告書には、今回の討伐についてと、Dランク冒険者であるルーキーがオークキングを倒し、その従魔がゴブリンキングを倒したということが記されていた。

リザードマンの希少種がゴブリンキングを倒したことは、一般人でもなるほどと思う。

しかし、Dランクの冒険者がオークキングをソロで倒したなど、誰も信じない……が、バルスはその報告内容を一切疑わなかった。自身も過去に冒険者として活動していたことがあり、相手の力量を測るのには自信があった。ゼルートの実力は既に両親を超えているとすら思っていた。だから、この報告に嘘はないと断言できる。

「さて、こちらの手紙だが……いったいどこで知り合ったのだろうか？　ゼルートが基本的に知り合うような人物ではないのだが」

少し前に、バルス宛てに一通の手紙が届いた。差出人は、彼よりも圧倒的に立場が上の者だった。

「アゼレード公爵から令嬢の護衛依頼を頼まれるとは……それに、ミーユ殿からの感謝の言葉まで綴《つづ》られている……いったいどうなっているのだ？」

アゼレード公爵家は武力に優れた貴族であり、その家に生まれた子供は男女関係なく一定の年齢になると、その子のレベルに合ったダンジョンの最下層のボスを討伐させるという慣例まである。

バルスとしては、少々厳しすぎるだろうとツッコみたいが、そんなことを本人たちに言う気はない。

また、その度に護衛として冒険者を雇うという話も聞いていた。

だが、自分が治めている街の冒険者が依頼されるのは初めてだった。

しかも、貴族の冒険者ではなく……いや、一応貴族の子息ではあるが、そういった要素を全て捨てているような者に頼むとは思ってもいなかった。

（いつもはダンジョン探索の経験がある冒険者に頼んでいたはず……それに、確かにゼルートやそ

の仲間たちは強いが、冒険者になって一年も経っていないルーキーだ）

いくらゼルートが規格外の強さを持っていても、それは絶対に変えられない事実だ。

（どこでそんな信頼を得るような出会いをしたのか……だが、ゼルートは馬鹿というわけではない。最低限の礼儀はわかっている。あとは……令嬢についてくる従者が、ゼルートを挑発するようなセリフを吐《は》かなければ、問題は起こらないのだが……）

手紙の内容は、ゼルートへの指名依頼と同義だった。

たとえ指名依頼であっても断ることはできるのだが、普通は公爵家からの依頼を断る冒険者などいない。

バルスは、ゼルートがこの依頼に興味を持つと思っているので、そういった従者と遭遇《そうぐう》する確率がゼロとは思えない。主人が礼儀正しい人物であっても、従者もそうだとは限らない。貴族の世界で長い間生きてきたバルスは、それを知っている。

（本音を言えば、あまり絡みのない私のところに、こういった手紙を寄こさないでほしいのだがな）

今の生活に十分満足しているバルスは、これ以上の権力に興味がない。

国内の貴族には派閥があるのだが、バルスはどこにも属していない。

それゆえに、あまり他の貴族に肩入れはしたくない。

（どこぞの派閥に属している、なんて周囲に思われれば、面倒なことに巻き込まれるかもしれな

い……今後の生活を考えればそれは避けたい）

ゼルートに非があって何か問題が起こるとは思わない。

心配なのはやはり相手側だった。

「ふ〜〜……私一人で悩んでもしょうがないことだ。位《くらい》の低い貴族からの依頼なら断ることもできるのだが、相手が相手だからゼルートも断ろうとは思わないだろう。いや、若干面倒だと思うか？ただ、私の立場的にできれば断らないでほしいものだ」

ゼルートに無理矢理依頼を受けさせようとは思わない。だが、大人の事情的に受けてほしいというのが、バルスの本音だった。

◇

圧倒的な数の敵と戦い終え、宴会が開かれた。

オークを大量に倒したということで、今日は全員にオークの肉が入ったシチューが振る舞われた。

（相変わらず美味《うま》いな。あんまり食いすぎると太る気がするが……まだまだ子供の俺には心配無用だな）

シチューだけではなく、当然焼肉もあるので、それに香辛料を振りかけて食べると絶品だ。

（や〜ばい……無性に米が欲しくなる。この世界に米があるかどうかわからないから、おいそれと

創造スキルで出すことはできないんだよな）

ゼルートは、ミルシェから魔法を使った戦い方を尋《たず》ねられた。

最初は、やはり母親のコーネリアに訊《き》いた方がいいのではと伝えるが、コーネリアは回復、支援系の魔法を得意としており、攻撃魔法は得意ではない。だから、あまり的確なアドバイスは貰《もら》えない、とのこと。

そこでゼルートは、話せる範囲で伝えた。

攻撃魔法を攻撃だけに使用するのではなく、罠や足留め、または次の攻撃の布石として扱う。あとは、単純に魔力を弾丸のように弾き飛ばす方法などを伝える。

ミルシェは、腰に身につけている小さなアイテムバッグから紙とペンを取り出し、ゼルートから教えられたことを全て書き写していく。

同じ頃、少々離れた場所から殺気を向けている少年が一人いた。ゼルートもとっくにそれに気づいている。

（本当に、マジのガチでシスコン野郎だな……別に、俺とミルシェさんがイチャコラしてるわけじゃないのに……ダンのやつ、本当に将来結婚できなそうだな）

もう慣れた視線なので、どうってことはない。

ゼルートの話を聞き終えたミルシェは、見惚《みと》れてしまうほどの可愛《かわい》らしい笑顔で感謝の言葉を述べ、コーネリアのもとへと戻っていった。

（いや～～～……破壊力がエグイ笑顔だな。あんな笑顔を向けられたら、大抵の男はコロッと落ちてしまうんじゃないか？）

事実、その笑顔に落ちてミルシェに告白し、玉砕《ぎょくさい》した男は多い。


宴会も幕を閉じ、風呂の時間になったので、ゼルートは再び壁と風呂を作り、のんびり露天風呂タイムを満喫《まんきつ》するのだが……男風呂には約一名足りなかった。

湯船には、ゼルートとグレイスしか入っていない。

「グレイスさん、ダンのやつはどうしたんですか？」

ゼルートからの質問に、グレイスは難しい顔をしながら返す。

「ん～～、何て言ったらいいんだろうな……まあ、ゼルートとの差を大きく感じ取ったんだよ、今回の戦いでな」

ゼルートはいまいち理解できず、首を傾《かし》げてしまう。

「あいつは、そこまで自分の力に驕《おご》っていたわけじゃないが、ある程度の自信は持っていたんだ。そして、Ａランク冒険者の息子というレッテルもあって、年上に負けることはあっても、同世代やそれより下の冒険者には負けられないって気持ちがあったんだよ」

グレイスは、息子が抱えている問題をしっかりわかっていた。

十四歳でＣランクまで到達できたことは、確かに凄《すご》い。

誰でも頑張《がんば》れば到達できるというものではない。他人に十分に誇れるものだ。

だが、ダンの両親であるグレイスとコーネリアは、冒険者の中でトップクラスの実力を持つAランク冒険者だ。

ゆえに……「親の七光りだ」「所詮《しょせん》は俺たちと才能が違う」「天才は努力せずとも上に行けていいよな」「Aランク冒険者の子供だからって、調子に乗ってんじゃねぇよ」――そんな心ない言葉を投げられてきた。

グレイスとコーネリアは、ゼルートの両親であるガレンやレミアと同じように、十代後半でAランク冒険者となった。

そういった親の実績もあり、ダンの十四歳でCランク冒険者になったという事実は霞《かす》んでしまい、それを自慢してもむしろ当然だろうと思っている者の方が多い。

「実際に、あいつは何度か自分より年上のやつとの模擬戦でも勝利を収めている。Cランクの中でも結構優秀な部類に入ると思ってるんだ……親の欲目が入ってるかもしれないけどな」

「……そんなことはないと思いますよ。あいつはきっちり努力を重ねて上にあがってきた……才能に胡坐《あぐら》をかくようには見えません」

ダンが偽物の部類だとは思っていない。認められたいからか……それとも、周りを黙らせるためか、強くなるために努力を惜《お》しまなかった。

「ありがとな。力はあると思うんだよ……コーネリアの血を引いてるから、魔法だって多少は使える。伸びしろを考えれば、まだまだこれからだと思う。だけど、今回ゼルートが倒したオークキングを見て……」

「プライドや自信がボロボロになったってわけですか」

ゼルートの言葉に、グレイスはゆっくりと頷《うなず》いた。

正確には……まだダンは、ゼルートがオークキングを一人で倒したと信じ切れていない。

しかしそれでも、己の目で見てしまった。ゼルートが自分のアイテムバッグからオークキングの右耳を取り出すところを。

その右耳は、紛《まぎ》れもなくオークキングのものだった。

ダンは、今の自分の実力では、オークキングに勝てないということはわかっている。オークキングだけではなく、Ｂランクの魔物にソロで勝つことなんて不可能だとわかっている。

挑もうとする勇気すら持っていない。

だが……自分が敵視している冒険者は、恐怖心に打ち勝って勝利した……かもしれない。

いきなり現れた歳の近い強者の存在に、ダンは人生で一番焦《あせ》っていた。

「そんなところだ。事実、ダンはまだ一対一の勝負でオークキングに勝つことはできねえ。いずれは勝てるかもしれない……でも、それはもっと先の話だ。今のあいつの実力でオークキングに挑むのは、勇敢ではなく蛮勇《ばんゆう》だよ」

「それはそう、ですね」

確かな才能とセンスを持ち、努力を重ねているだろう。

それでもまだ、オークキングに挑むには、実力や経験など色々と足りないのは事実だ。

「だが、自分より年下であるお前が、ボロボロにならずオークキングに勝った。ゼルートが自分より強いってのは十分にわかったはずだ。ただ、その事実を否定したい気持ちがまだ残っているかもしれないな」

グレイスとしては、そういった考えはなるべく早いうちに克服してほしかった。

とはいえ、誰かに指摘されたからといって直る問題でもない。

「後は……」

「……後は？」

ニヤニヤしながら、グレイスは言葉を続ける。

「ミルシェがお前のことを気に入ってるからだろ。おそらく異性としてな」

「……マジ、ですか？」

「俺は恋愛に関して勘《かん》が鋭い方ではないし、本人から聞いたわけでもないから断言はできないが、多分そうだと思うぞ。完全に惚《ほ》れるには時間がかかりそうだけどな」

それは確かだった。グレイスの言う通り、ミルシェはゼルートを異性として意識している。

「コーネリアに似て、ミルシェは結構モテるんだぞ。たまに、勇気を出して俺に、ミルシェはどういった男が好みなんですかって、尋《たず》ねてくるやつもいるな」

「そ、それは確かに勇気を振り絞《しぼ》ってますね……でも、そういったことなら、ダンの方が訊《き》きやすいんじゃないですか？」

「そこはほら、あれだよ……ゼルートが言ってたように、シスコンってやつだからよ」

「あ……なるほど。そうでしたね」

ミルシェを攻略する上で一番厄介《やっかい》な存在が誰かを、つい忘れていた。

「俺は別に姉弟の結婚を否定しないが、ミルシェは完全にダンを弟として見てるからなあ……俺の予想では、百パーセント勝ち目はないと思うんだが……ゼルートはどう思う？」

「えっと、その……残念ながら、俺も百パーセント勝ち目はないかと」

実力と同じように『まだまだこれからっ！』という可能性も否定できないが、現時点でミルシェはダンを異性としてまるで見ていない。

「そうだよな～～。ダンのやつもさっさとミルシェのことは諦《あきら》めて、他の人を見つけてほしいんだが……恋愛面に関して、俺が言えることは少ないからな」

コーネリアのような聖母のごとき美女と結婚できたグレイスを、若い頃はそこそこ遊んでいたと思っている冒険者もいるが、性欲発散のために娼館へ行ったことはあれども、真剣に恋愛をしたのは彼女のみ。

だから、恋愛に関して本当に深いアドバイスはできない。

「ゼルートもまだ恋愛はしてないんだろ？」

「そうですね。今は恋愛よりも冒険なんで」

「……一応貴族の子息だったんだし、婚約の話とか来なかったのか？」

グレイスは、ゼルートがブサイクだとは思っていない。むしろ父親と同じく、将来は絶対に多くの女性から好意を寄せられるだろうと思っている。

「実家にいたときは、そういう話は一切聞きませんでしたね……ほら、あれじゃないですか。自分はお披露目会《ひろめかい》で色々やらかしたんで、きっとかかわらない方がいいと思われたんですよ」

「……ぶはっはっはっはっ！！！　そういえばそうだったな。それを考えれば、他の貴族たちが敬遠してしまうのも仕方ないな」

「そういうことです。それに、幼いときから俺は冒険者になるって決めていました。そんな男の婚約者になりたいって思う女子はいませんよ」

蝶《ちょう》よ花よと育てられた多くの令嬢たちは、自分が生涯寄り添う者を、冒険者の中から選ぶことはない。

稀《まれ》に冒険者として活動しつつ爵位を持つ者もいるのだが……英雄色を好むという言葉がある通り、そう簡単に嫁が決まることはない。

「ははっ、そうだな。令嬢が冒険者と結婚するなんて例は珍しい」

そう言いながら、グレイスは冷えたエールをグイッと喉に流し込む。

「ぷは～～～、風呂で……それもこんな星空の下でエールを飲むのは最高だなっ！！！　ちょっと話は逸《そ》れたが、とりあえず、ダンはゼルートとの力の差を見せつけられて落ち込み、それに加えて、自分が大好きな姉がそいつのことを気になっているってわかってしまい、猛烈に嫉妬《しっと》している」

ゼルートは内心で愚痴《ぐち》る。

（確かに俺はミルシェさんを可愛《かわい》いとは思っているが、別に好きではないのだから、いい加減鬱陶《うっとう》しい視線を向けるなって感じだ）

慣れてきてはいるが、それでも負の感情が強いので、嫌な視線であることに変わりはない。

彼の気持ちもわからなくはない。

だが、ダンほど黒に近い灰色の感情は想像つかなかった。

実力差に関しては……追いつかれるつもりは一切ない。

（魔法に関しては絶対に俺の方が上だ。才能の面でも負ける気がしない。接近戦の技術についても、一朝一夕《いっちょういっせき》で埋《う》まる差じゃない。そんな温《ぬる》い努力をしてないからな）

屈強な体躯《たいく》を持つ大人であれば問題ないトレーニングかもしれないが、ゼルートは子供が行うには激しいトレーニングと実戦を重ねてきた。

そしてレベルも上げ続けている。もちろん、レベルが低いダンの方が上がる速度は早いのが基本だが……差が縮まるかどうかは、ゼルートが魔物や盗賊と戦うスパンの短さと密度による。

「まっ、とりあえずダンの話はここまでにしよう。せっかくこんな気持ちいい状態で話せるんだ。

もっと楽しい内容について話そうぜ」

「そうですね」

というわけで、冒険者らしい会話に移って、のぼせる一歩手前まで二人は話し続けた。

そしてゼルートたちは、無事にドーウルスに帰ってくることができた。

◇

ゼルートたちがドーウルスに帰ってきてからの一週間は、色々なことがあった。

まずは、詳細を報告するためにギルドに向かい、そこでイルーネに発見されて物凄《ものすご》く心配された。

ゼルートとしては、イルーネみたいな美人に心配されるのは嬉しいが、周りの男性冒険者から嫉《しっ》妬《と》の視線を向けられるので、あまり構われるのは遠慮したい。

姉が弟を心配するような光景を、アレナとルウナは微笑《ほほえ》ましい表情で見ていた。

そして、依頼を受けた参加者たちは、全員参加料として金貨一枚が貰《もら》えるのだが、それにプラスして、倒したゴブリンやオークの数で、追加報酬が払われる。

ゼルートたちは、金貨七十枚ほどを手に入れた。

ゼルートはその他に、オークキングを倒した特別報酬として白金貨を三枚。

ゲイルもゴブリンキングを倒した特別報酬として、同じく白金貨三枚を貰《もら》った。

従魔がお金を使う機会は基本的にないので、主《あるじ》のものになるのが普通だが、ゼルートは「お前が頑張《がんば》った結果だ」と言って、ゲイルの報酬は全て本人に持たせた。

その後、いつも泊まっている宿に戻り、ゼルートはオークキングの肉の塊《かたまり》を二つ女将《おかみ》に渡し、一つはあげるから、もう一つを調理してほしいと頼む。

突然の高級素材にテンパる女将《おかみ》だが、ゼルートの考えは変わらなかったので、彼女はありがたくオークキングの肉を貰《もら》い、とびっきり美味《うま》い料理を作るように店主に伝えた。

「やべ～。超楽しみだ」

「私もだ。涎《よだれ》を垂らさないようにするのに悩む日が来るとはな」

「ルウナ、さすがにそれは我慢しなさい。でも……その気持ちはわからなくもないわ」

「……ごくっ」

元Aランク冒険者としてそれなりに美味《おい》しい料理を食べてきたアレナも、キング種の肉の味がどれほど美味《うま》いのか……知っている分、余計に我慢するのが辛《つら》い。

やがて、食堂中に食欲をそそる匂《にお》いを漂わせつつ、四人の前にオークキングの肉を使用したシチューが置かれた。

四人はその匂《にお》いに刺激された影響で獣のように食べる……ことはなく、ゆっくりと……むしろ上品に食べようとした。

口にオークキングの肉を入れ……存分に噛《か》みしめ、喉を通した後……大声で美味《うま》い！　と叫《さけ》びたいのを堪《こら》えた。

（オークジェネラルの肉も本当に美味《うま》かったけど……上には上がいるって味だな）

一般的な冒険者は、そういった上等な魔物の肉が手に入ると、それなりの金になるのでギルドに売ってしまう。

高ランクの冒険者でも、新しい装備などの費用にすべく売るため、自分たちで食べることは少ない。

とかく冒険者は金がかかる。

ただ、ゼルートの場合は違った。

三バカ貴族から大量の金をいただいたので、家には大量の貯蓄がある。

実家から出るまでにポーションを行商人に売っていたので、懐《ふところ》に関してはプラスからのスタートだった。その上、ラッキーティアのおかげで、今後も金に困ることはまずない。

武器も平凡なものから高ランクのものまであるため、戦いの最中に困ることはない。

しかも、冒険者として必要な道具はほとんど自作できるから、出費がかからない。

（お金を自由に使えるっていいものだな）

また、討伐依頼を終えてから、ゼルートはダンを除くグレイス一家の三人によく絡まれるようになった。

模擬戦や食事に買い物。グレイスとコーネリアからは、両親とパーティーを組んでいたときの冒険話をよく聞かせてもらってもいる。

もちろんそういうときは、ダンが少々殺意のこもった目で見てくる。
睨《にら》んではくるのだが、絡んではこない。

ダンも、ゼルートにオラオラな態度で絡めばグレイスたちに怒られると学習し、睨《にら》んでくるだけに留まっているのだ。

さらに、予想外の出来事があった。ギルドを通して、とある貴族からゼルートに感謝の手紙が届いたのである。

その貴族の名前はネールマ・カールネ。

全く関わりのない貴族から送られた手紙を、ドキドキしながら読みはじめると、なぜこの人物がこれを送ってきたのかすぐに理解できた。

ネールマ・カールネは、先日のオークションでゼルートが出品したラッキーティアを落札した貴族であった。

内容を簡潔に纏《まと》めると、妻に最高のプレゼントを渡すことができた。王都に来るときは是非我が家を訪ねてきてほしいということだった。

手紙を最後まで読み、ゼルートは貴族から喧嘩《けんか》を売られたわけではないとわかり、ホッとする。

それから数日後、領主の配下の兵士がゼルートが泊まっている宿を訪れ、ゼルートに主《あるじ》の屋敷に来てほしいと頼んだ。

「ゼルート、あなたどこかの貴族と喧嘩《けんか》でもしたの？」

バルスの屋敷に向かう途中、アレナは思ったことをそのままゼルートに尋《たず》ねる。

「いや、全くそんなことはしてないぞ。あの依頼から帰ってきて、絡まれてボコることは確かにあったけど、その中に貴族やその子息はいなかった。てか、なんですぐにそういう考えに至るんだよ」

「だって、ギルドに呼ばれるんじゃなくて、領主様の家に呼ばれるのよ。あなたが何か問題を起こしたとしか思えないのよ」

アレナの言葉に続いて、ルウナもゼルートを責めはじめる。

「そうだな。ゼルートには悪いが、お前は面倒事に自ら首を突っ込んでいく癖《くせ》がある。ゼルートにそういった意図はないにせよ、問題を起こしたと考えるのが妥当《だとう》だな」

「……」

二人の言葉を聞いたゼルートは、心当たりが少々あるので、言い返そうにも言葉が出なかった。

確かにギルドに呼ばれるのと、領主の家に呼ばれるのとでは、大きな違いがある。

（でも、ここ最近は本当に何もやらかした覚えはない……いや、本当にないはずだ）

とりあえず、近頃貴族に関わることがほとんどなかったので、ゼルートに不安はない。

「まっ、否定できないところはあるけど、安心しろ。だから余計に今回の呼び出しに謎を感じるんだけどな」

ゼルートの言葉に二人は半信半疑だが、後半に関しては同意であった。

自分たちもゼルートの仲間になってから、貴族と関わったことは、領主のバルス以外はない。

何度か下心満載で絡んできた冒険者を気絶させたり、ボコったことはあるが、その中に貴族らしい冒険者はいなかった。

「行ってみなきゃわからないよな。案外、この前の依頼についてどういった戦いをしたのかを聞くだけかもしれないしさ」

ゼルートがなさそうな推測を言うと、二人の表情が少し和《やわ》らいだ。

「そうね……私たちは何もやましいことをした記憶はないんだから、堂々としてましょう」

「そうだな。むしろゼルートは、オークキングを倒したことで、ギルドで貰《もら》ったのとは別に、特別報酬が貰《もら》えるのかもしれないぞ」

領主の屋敷に着くまでには明るい表情に戻っていたが、アレナだけは心の中は不安でいっぱいだった――

Character Status

名前

ルウナ

職業 冒険者

レベル 30

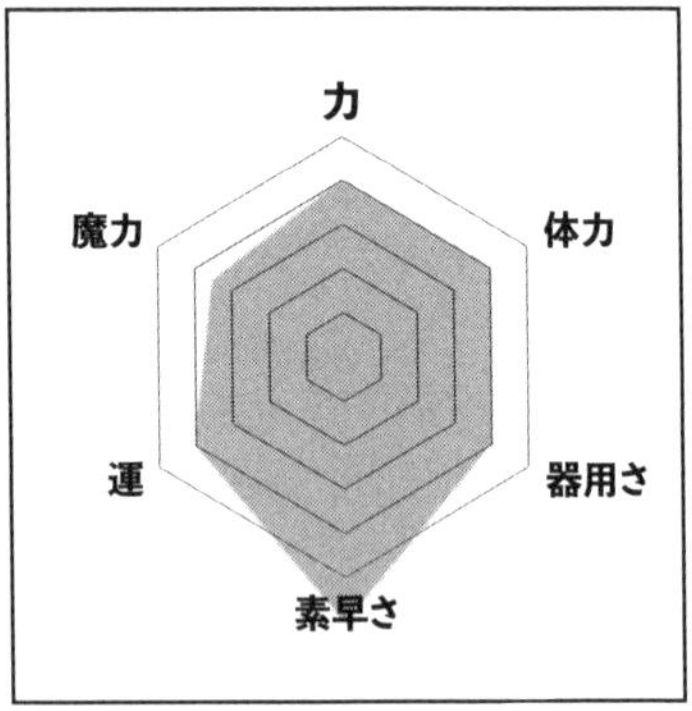

スキル

剣術、短剣術、体術、火魔法、土魔法、魔力操作、身体強化、脚力強化、迅速、夜目、嗅覚強化、気配感知、嗅覚感知、本能強化、詠唱破棄、解体

特技

モンスターの解体、においによる対象の選別

好きなもの

性格がまともな強者

嫌いなもの

性格が腐った者、
弱いくせに粋がっている弱者

Character Status

名前

アレナ

職業 冒険者

レベル 39

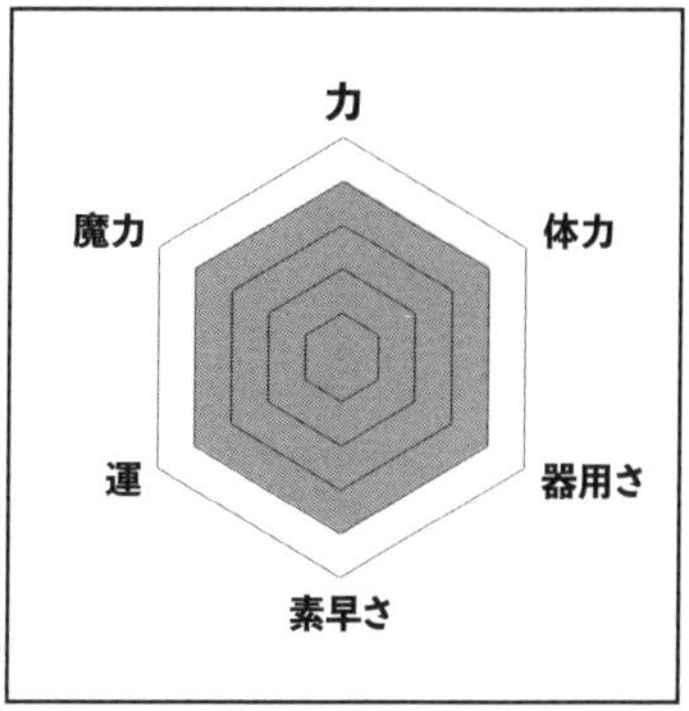

スキル

剣術、短剣術、槍術、体術、火魔法、雷魔法、風魔法、魔力操作、身体強化、腕力強化、夜目、気配感知、詠唱破棄、料理、解体

特技

野営、採集、魔物の素材を無駄に傷付けずに討伐

好きなもの

実戦で使える見た目が良いアクセサリー、
美味い料理

嫌いなもの

下品な男、
ゴブリン、
オーク

月が導く異世界道中
Tsukiga Michibiku Isekai Dochu
あずみ圭
Azumi Kei
1~16
8.5
TVアニメ化!
2021年7月7日放送開始!
TOKYO MX・MBS・BS日テレほか
CV 深澄 真:花江夏樹
巴:佐倉綾音 澪:鬼頭明里
監督:石平信司 アニメーション制作:C2C
レシート応募プレゼント
キャンペーン実施中!!
2021年6月4日～2021年9月30日まで
詳しくはこちら ››››››
月が導く異世界道中
あずみ圭
薄幸系男子の成り上がりファンタジー、開幕!
なんでだろう 親の都合で 異世界へ
読者賞受賞作!
待望の書籍化!
●各定価：1320円(10%税込)
●illustration：マツモトミツアキ
1～16巻好評発売中!!
月が導く異世界道中
1
あずみ圭
木野コトラ
とことん不運、されどチート!!
29万部
漫画：木野コトラ
●各定価：748円(10%税込) ●B6判
コミックス1～9巻好評発売中!!

jitsuryoku-syugi ni hirowareta kannteishi

実力主義に拾われた鑑定士

～奴隷扱いだった母国を捨てて、敵国の英雄はじめました～

usuazimeron

薄味メロン

クセだらけの部下達を

万能鑑定スキルで育てまくろう!!

第13回 アルファポリス ファンタジー小説大賞

「読者賞」「優秀賞」W受賞作!

超貴族主義の国で奴隷のように働かされていた鑑定士の青年、アルト。毎日の重いノルマによって過労死寸前になっていた彼はある日、職場で出くわした敵国の軍人に才能を認められ、亡命してくるよう勧めてもらった。人生をやり直すチャンスと思い、亡命を決意するアルト。めでたく新天地でスローライフを送るかと思いきや……あれよあれよと言う間に、アルト自身も軍属となってしまう。しかも彼は成り行きで将軍候補生となり、落ちこぼれの少女達の上司となることに!?　アルトは万能鑑定スキルを駆使して彼女達の眠れる素質を開花させ、一流の軍人へと育成していく——!

◉定価：1320円（10%税込）　ISBN 978-4-434-29000-8　◉illustration：桶乃かもく

ステータスが思うように伸びず、前線を離れ、ギルドで事務仕事をしていた冒険者ブライ。無駄な経費を削減して経営破綻から救ったはずが、逆にギルド長の怒りを買い、クビにされてしまう。かつてのパーティメンバー達もまた、足手まといのブライをあっさりと切り捨て、その上、リーダーのライトに恋人まで奪われる始末。傷心の最中、ブライに突然、【ログインボーナス】というスキルが目覚める。それは毎日、謎の存在から大小様々な贈り物が届くというもの。『初回特典』が辺境の村にあると知らされ、半信半疑で向かった先にあったのは、なんと一夜にして現れたという城だった——！　お人好し冒険者の運命が、【ログインボーナス】で今、変わり出す！

●ISBN 978-4-434-28891-3 ●定価：1320円（10%税込） ●Illustration：なかむら